U0518653

贾平凹小说精读书系

天狗

贾平凹 著

陕西师范大学出版总社　西安

图书代号 WX24N0879

图书在版编目（CIP）数据

天狗 / 贾平凹著. -- 西安：陕西师范大学出版总社
有限公司，2024.7. --（贾平凹小说精读书系）.
ISBN 978-7-5695-4504-3

Ⅰ. I247.5

中国国家版本馆CIP数据核字第20243MJ732号

天 狗
TIAN GOU

贾平凹 著

出版统筹	刘东风	
责任编辑	宋媛媛	
责任校对	彭 燕	
封面设计	周伟伟	
出版发行	陕西师范大学出版总社	
	（西安市长安南路199号 邮编710062）	
网　址	http://www.snupg.com	
印　刷	陕西龙山海天艺术印务有限公司	
开　本	787 mm×1092 mm　1/32	
印　张	4.375	
插　页	4	
字　数	65千	
版　次	2024年7月第1版	
印　次	2024年7月第1次印刷	
书　号	ISBN 978-7-5695-4504-3	
定　价	49.00元	

读者购书、书店添货或发现印刷装订问题，请与本公司营销部联系、调换。
电话：（029）85307864　85303629　传真：（029）85303879

目录

天

狗

井

如果要做旅行家，什么茶饭皆能下咽，什么店铺皆能睡卧，又不怕蛇，不怕狼，有冒险的勇敢，可望沿丹江往东南，走四天，去看一处不规不则的堡子，了解堡子里一些不伦不类的人物，那趣味儿绝不会比游览任何名山胜地来得平淡。

《旅行指南》上常写：某某地"美丽富饶"。其实这是骗局，虽然动机良善可人。这一路的经验是，该词儿不能连缀在一起：美丽的地方，并不如何富饶，富饶的地方，又不见得怎么美丽，而美丽和富饶皆见之平平的，倒是最普遍的也是最真实可信的。这堡子的情形便是如此。

之所以称作堡不称作村，是因早年这一带土匪多，为避祸乱，孤零零雄踞在江边的土疙瘩墚上。人事沧桑，古堡围墙早就废了，堡门洞边的荒草里仅留有一碑，字迹斑驳。暮色里夕阳照着，看得清是"万夫莫开"四字。居家为二百余户，皆秦地祖籍，众宗广族却遗憾没有一个寺庙祠堂。虽然仍有一条街，商业经营乏于传统，故不逢集，一早一晚安安静静，倘有狗吠，则声巨如豹。堡子后是贯通东西的官道，现改作由省城去县城的公路，车辆有时在此停留，有时又不停留，权力完全由司机的一时兴致决定。

路北半里为虎山，无虎，石头巉巉。石头又不是能燃烧的煤，所生梢林全砍了做炭做柴，连树根也刨出来劈了，在冬天长夜里的火塘中燃烧。生生死死枯枯荣荣的是一种黄麦菅的草，窝藏野兔，飞溅蚂蚱，七月的黄昏孩子们去捕捉，狼常会支着身坐在某一处，样子极尽温柔，以为是狗，"哟，哟，哟"作唤狗的招呼，它就趋步而来；若立即看见那扫帚一般大的拖地长尾，喊一声"是狼！"这野兽一经识破，即撒腿逃去。

丹江依堡子南壁下哗哗地流，说来似乎荒唐，守着江，吃水却很艰难。挑水要从堡门洞处直下三百七十二个台阶，再走半里地的河滩。故一到落雨季节，家家屋檐下要摆木桶、瓷盆，叮叮当当，沉淀了清的人喝，浊的喂牛。于是这两年兴起打井，至少十丈深，多则三十丈。有井的人家辘轳扭扭搅动，没井的人家听着心里就空空地慌。

有井的都是富裕户。富裕的都是手艺人家，或者木匠，或者石匠。本来人和人差异是不大的，所以他们说不上是聪慧，也不能说是蠢笨，一切见之平平的堡子既没有得天独厚的条件发展经济，又没有财源茂盛通达四海的副业可做，身怀薄艺倒是个发家致富之道。打井，成了新兴的手艺人阶层的标志，是利市，是显富，是一项伟大的事业。

打井的李正由此应运，数年光景，竟成就了专有的手艺，为别人的富裕劳作而带来了自己的富裕，并把式日渐口大气粗，视自己的手艺如命符。又曾几何，故作高深，弥布神秘，宣布水井三不打：不请阴阳先生察看方位者不打；不是黄道吉日不打；茶饭不好、工钱低贱、小瞧打井把式的不打。俨然是受命于天，降恩泽世的真人一般神圣。

堡子里的人没有不对他热羡的，眼见着他打井如挖金窖，好多父母提了四色重礼，领着孩子拜师为徒，这把式，却断然拒绝。

"这饭不是什么人都可吃的！"

"孩子是笨，下苦好。"

"这仅仅是下苦的事吗？"

把式说这话，拜师者就噎住了，再要乞求，把式就说一句"我家是有个五兴的"作结。五兴是把式的独子，现在还在上中学，那意思很明白，手艺是不外传的。

把式的女人看不惯把式这样不讲情面。男人可以在外一意孤行，女人则是屋里人，三百六十五天要和街坊邻居打交道，想得就周全，担心这家人缘会倒，每日用软言软语劝丈夫，也不同意五兴废了课业来"子袭父职"。劝说多了，把式就收了天狗做徒，但有言在先：只仅仅做下苦帮手，四六分钱，技术是不授的。

天狗是穷途末路之人，三十六岁，赚不来钱娶妻成家，拜人为师，自然言听计从。此角色白脸，发际高而额角饱满，平日无所事事，无人管束，就养兔逮兔、钓鱼、玩蚂蚱的嗜好，天生的不该是农民的长相和德行，偏就做了万事不如人的农民。

六月初六，不翻历书也是个好日子，师徒二人往堡子东头胡家打井。头天晚上，女人就点了一支蜡烛在中堂，蜡烛燃尽，突又绣出一个小小的烛花胎柄，心里兴奋，清早送师徒出门，却又放心不下叮咛一番，说话间，眼泪就扑簌簌流出来了。

天狗看见师娘落泪，心里就怦然作跳，默念这是一尊菩萨。三十六年来他虽是童男身子，什么事理心上却也知晓，明白这女人的眼泪一半为丈夫洒的，一半却是为他。师娘待他总是认作没有成人的人，一只小狗。他就圆满着师娘的看法，偏也就装出一脸混混沌沌天地不醒的憨相。

果然师娘说："天狗，你是'门槛年'呢……"

没事的，天狗说他腰里系有红裤带，百事无忌。"师傅是福人，跟了他天地神鬼不撞的。"

在胡家，师徒坐在土漆染过的八仙桌边，主人立即捧上茗茶，两人适意品尝，院子里的气氛就庄严起来。一位着黄袍的阴阳师，头戴纸帽，手端罗盘，双脚并着蹦跳，样子十分滑稽。天狗想笑，看师傅却一脸正经，笑声就化作痰咯出来。阴阳师定了方位，便口嚼清水，噗地喷上柳叶刀刃，闭目念起"敕水咒"来。咒很长，主人在咒语的声乐里洒奠土地神位，师傅就直着身子过去，阴阳师问："有水没？"师傅答："有了水。"再问一句："什么水？"再答一句："长江水。"哐的一声，师傅的镢头在灰撒的十字线上挖出一坑。天狗寻思，堡子就在江边，什么地方挖不出水？！心里直想笑。

以十字灰线画出直径二尺的圆圈，挖出半人深，这叫起井，不能大，不能小，圆中见手艺，由师傅完成，完成了，师傅跳上来在躺椅上平身，喝茶吸烟，天狗就下去按师傅的尺码掘进。天狗手脚长，收缩得弓弓的，握一柄小镢，活动的余地太小，成百成千次用力使镢，很不得劲，是一项窝囊的劳作。越往深去，人越失去自由，像是一只已吐完丝的蚕，慢慢要将自身裹住气绝做蛹。下深到三丈五丈，世界为之黑暗，点一盏煤油灯在井壁窝里，天狗的眼睛渐渐变成猫的眼睛，瞳孔扩大，发绿的光色，后来就全凭感觉活着。

洞上的院子里，许多四邻的人来看打井。把式交识的人广，就十分忙，忙着喝茶吃烟；忙着讲地里的粮食收得够吃，要感激风调雨顺，感激现今政府的现今政策；忙着论说水井的好处，哪个木匠的井是十五丈，哪个石匠的井是二十丈，滚珠轱辘，钢丝井绳；忙着和妇女说趣话，逗一位小妇人怀里的婴儿，夸道婴儿脸白目亮，博取小妇人的欢悦。总之，有天狗这个出苦力的徒弟，师傅的工作除去起井和收井的技术活外，井台上他是有极过剩的时间和热情来放纵得意的。

天狗在井洞做死囚的生活，耳朵失去用处，嘴巴失去了用处；为了不使自己变得麻木，脑子里便做各种虫鸟鸣叫的幻觉来享受。虫鸣给他唱着生命的歌，欢乐的歌，天狗才不感到寂寞和孤独。企望着师傅在井口唤他，上边的却并不体谅下边的，只是在井门忙着得意的营生，师傅待天狗不苟言笑，用得苦，天狗少不得骂师傅一句"魔王"。停下来歇歇，看头顶上是一个亮的圆片，太阳强烈的时分，光在激射，乍长乍短，有一柱直垂下来，细得像一根井绳。天狗看见许多细微的东西在那"绳"里活泼泼地飞。他真想抓着这"绳"也飞上去。天狗突然逮到了一种声音，就从地穴里叫道：

"五兴，五兴！"

五兴是从县城中学回来的。学校里要举办游泳比赛。这小子浮水好，却没有游泳裤衩，赶回来向爹讨要，打井的把式却将他骂了一顿，说要水还穿什么裤子，真是会想着法子花钱！"念不进书就回来打井挣钱！"五兴在娘面前可以逞能，单单怕爹。当下不作声，蹲在一边嘤嘤地哭。

天狗的声沉沉地从井洞里出来，把式就吼了一声："尿水子在流？！"自个儿下井去换徒弟，又嚷道井筒子不直。

天狗从井洞里出来，像一具四脚兽，一个丑八怪，一个从地狱里提审出的黑鬼。五兴一见他的样子，眼泪挂在腮上就笑了。

"五兴，你作什么哭，你是男子汉哩！"

"我爹不给我买裤衩，要我停学回来打井。"

"你爹是说气话呢。"

"爹说啥就是啥，他说过几次了。你给我爹说说，天狗哥。"

"叫我什么？我是你叔哩！"

五兴很别扭地叫了一声"天狗叔"。

大娃头满足地笑了。一抬头看见矮墙头的葫芦架上，跳上来一只绿翼蝈蝈，鼓动着触器嘶嘶地叫。一时旧瘾复发，蹑脚过去猛地捉了，给五兴玩去。把式的儿子也是顽皮伙里的领袖，抓逗蚂蚱、蝈蝈之类的班头，当下破涕为笑，回家向娘告老子的状去了。

师傅又爬出井，天狗又换下去。后来井口上就安了辘轳吊土。土是潮潮的，有着酸臭的汗味。天黑时分拉上一筐来，里面不是土，是天狗坐在筐里。一出来就闭了眼睛，大口吸着空气，赤赤的前胸陷进一个大坑，肋条历历可数。

一口井打过三天，师傅照样多在井上，而徒弟多在井下。师傅照样是忙，多了一层骂老婆和骂儿子的话。骂到难听处，胡家的媳妇说："让儿子念书到底正事，韩玄子家两个儿子都写一笔好字，在县上干国家事哩。"把式说："念书也和这打井一样，好事是好事，可不是什么人都能干的，即使书念成了，有了国家事干，那三个月的工资倒没一个井钱多哩。"胡家媳妇说："那是长远事呀！"把式再说："有了手艺，还不是一辈子吃喝？！"说完就嘿嘿地笑，奚落那媳妇看不清当今社会的形势和堡子的实际。

胡家媳妇以和为贵，也不去论曲直是非，收拾好了井台，打出一桶清亮亮的水喝了半瓢，把一百二十元的工钱交给了李正。回转身看天狗，天狗却早走了。天狗听说五兴还没到学校去，就惦记着家里那几笼红脊背的蝈蝈，要拿给五兴显夸。

天狗的家门朝西，晚霞正照射在墙檐上。编织得玲珑精巧的六个蝈蝈笼——四个是竹篾的，两个是麦秆的——一起在黄昏的烦嚣里嘶鸣。天狗喜欢这类小生命，也精于饲养，没学打井之前，他干完地里活就在家闲得无事，口也寡淡，耳也寡淡，这蝈蝈之声就启示着他自得其乐的独身生活观念。如今打井归来，舒展展地在炕上伸一个硬挺，听一曲自然界的生命之音，便深感到很受活。这实在有诗的味道，可惜天狗文化太浅，并不知道诗为世间何物。

不用找，五兴倒寻上门了。这小子学习上不长进，玩起来倒会折腾，看见六个笼里的蝈蝈唱六部散曲，心热眼馋，忘记了自己的烦恼，竟将所有的蝈蝈集中到一个竹笼里，欣赏动物界的联合演出，果然就热闹非凡，声响比先前大了几倍。

"天狗叔，"徒弟的徒弟说，"这么多蝈蝈，你能说清哪一只是母的吗？"

天狗说："能的。"

"是哪一只？"

"你去取个镜子放在那里，跳上镜面的就是母的，其余的就是公的。"

五兴乐得直叫。这时节，就听得堡子的南头有人喊"五兴"，五兴才想起要执行的任务，说："天狗叔，我娘是让我来叫你吃饭的。"

天狗说："你个耍嘴的猴精，你娘哪里是在喊我？"五兴就急了，发咒说："谁哄你叫上不成学！"天狗就换了衣服跟着去了。

到了师傅的门口，那女人果然一见儿子就骂："牛吃草让羊去撵，羊也就不回来了？！"

天狗说："五兴就迷我那蝈蝈。"

女人拿指头点天狗的圆额角，说："你什么时候才活大呀，三十六的人了，跟娃娃伙玩那个！"

天狗在这女人面前，体会最深的是"骂是爱"三个字，自拜师在这家门下，关系一熟，就放肆，但这种放肆全在心上，表现出来却是温顺得如只猫儿，用手一扑挲就四蹄儿卧倒。也似乎甘愿做她的孩子，有几分撒娇的腼腆，其实他比这菩萨仅仅小三岁。当下心里说：

"你怎么不给我物色一个呢？有了女人我就长大了。"

饭桌上，师傅吃得狼吞虎咽。这把式是硬汉子，在妻子、徒弟面前自尊自大，一边剥脱了上衣很响地嚼着菜，一边将桌上的两沓钱，一沓推给天狗，一沓推给女人，说："给，把这收下！"口气漫不经心，眉眼里却充满了了不起的神气。女人就把钱捏在手里。五兴给娘说："娘，这么多钱，给我买个游泳裤吧。"做老子的就瞪了眼："算了算了，指望你还能成龙变凤，你瞧瞧，天狗跟我三天，四十八元钱也就到手了。"女人叹了一口气，给儿子拨了一些菜，打发到院里去吃。

天狗觉得没了意思，饭也吃着不香，虚汗湿了满脸。女人让天狗把衫子脱了，天狗不肯，女人就说："这么热的天，是捂蛆呀？"硬要他脱下不可。

做丈夫的生了气，说："你这人才怪！不脱就不热唔，哪儿有你这样的人！"说罢也不看天狗。

女人尴尬，天狗更尴尬，三个人默默吃了一阵。女人直担心天狗要放下碗，就把菜往天狗的碗里拨，天狗忙起身说吃好了，和师傅说话。

"师傅，堡子南头来顺家的井几时去打呀？"

"人家没口信。"

"我夜里去问问。"

"罢了，他找上门再说。你回去，到时我来叫你。"

天狗起身走了，女人送到院门口，说："早早歇着。"天狗说："嗯。"女人又说："没事了，就过来坐。"天狗还是"嗯"。走出很远回头一看，女人还站在门口。

天狗回到家里，夜里没有睡稳。无论如何，他是很感激这一家人的。师傅给了他赚钱的出路，师傅的女人又给了他体贴。对于一个健全的男人，天狗不免常会想着世上女人的好处，但一切皆缥缈，是怎么个好，好到如何程度，他缺少活生生的感受。到了现在，天狗急切切需要一个女人在他身边了，虽然他已经过了生理最容易冲动的饥饿年龄。

人一旦被精神所驱使，就忘却饥饿，忘却寒暑，忘却疲劳和瞌睡。这时的天狗就达到了这种境界。他的心、脑、血液和四肢都不肯安静，就从屋里走出来，提了他的蝈蝈笼子，走到街上，要做一种是悠闲也是无聊的夜游。

街上站着许多人，清一色的妇女。妇女是这个堡子最辛劳的人，往往在服侍了男人和孩子睡眠之后，她们还要纺织浆洗，收拾柴火，或者去河边挑水。但现在好多人家有了水井用不着再去挑水。这妇女手里又没有什么活计，却都拿了擀面杖往堡下的江边去。天狗猛地明醒了什么，拉住一个妇女问道："要月食了吗？"

回答是肯定的："可不，天狗要吞了月亮！"

"天狗吞月"，这在当今城镇里的人眼里，只不过是平淡无奇的天文现象，这堡子里的人也多少知晓。但是，传统的民间活动，已经超越了事件本身的范畴而成为一种象征的仪式。这一现象并未失去神秘的色彩，从上古的时候起，堡子里的人都认为天狗吞掉了月亮，出门在外的人就会遭到不吉。于是妇女们就要在月亮快被吞掉之时，以擀面杖去江水里搅动，唱一种歌子，一直到月亮的复出。如今堡子的男人已不再为躲债而背井离乡，也不再逃匪乱远走高飞，但手艺人皆纷纷出去挣钱，家里的女人照例很注重这一天晚上的活动。

天狗看见了几乎所有手艺人的女人。

"师娘也在这人群中间吗？"天狗想着，看着妇女们走下堡子门洞，三百七十二个台阶上人影绰绰，天狗分辨不出。

门洞上的墙垣废了，荒草里有一块长条青石，天狗在上面坐下。三十六年前，堡子里一个男人出外逃丁，九月十二日夜正逢着今夜一样的月食，堡子里的活寡女人都去江边祈祷，那逃丁去了的妻子才到江边，肚子就剧疼，在沙滩上生下一个婴儿。这婴儿，就是现在的天狗。爹娘死后，差不多已经有了好多次月食出现，天狗每每看着女人的举动，只觉得好笑。今夜里，手艺人的女人们又去江边祈祷，保佑丈夫吉祥，已经做了打井徒弟的天狗，陡然间一种伤感袭上心头。

他死眼儿看着月亮。

月亮还是满满圆圆。月亮是天上的玉盘，是夜的眼，是一张丰盈多情的女人的脸。天狗突然想起了他心中的那个菩萨。

江边倏忽唱起了一种歌声。歌声是低沉的，不易听清每一句的词儿，却音律美妙。天狗觉得这歌声是从天上降下来的，从水皮子走过来的，心中好笑的念头消失去，充满了神圣的庄严的庙堂气氛。月亮开始慢慢地蚀亏，然后天地间光亮暗淡，以致完全坠入黑暗的深渊，唯有古老的乞月的歌声，和着江水缓缓地流。天狗默默地坐在石条上，闭住了呼吸，笼子里的蝈蝈也停止了清音。

一个人，站在了门洞下的石阶上，因为月亮的消失，她看不清走到江边的路，天狗也认不清失了路途的人的面目。这人在轻轻地唱着：

> 天上的月儿一面锣哟，
>
> 锣里坐了个女嫦娥，
>
> 有你看得清世上路哟，
>
> 没你掉进了老鸦窝，
>
> 天狗瞎家伙哟。

声调是那么柔润，从天狗的心上电一般酥酥通过。当她第二遍唱到"没你掉进了老鸦窝"，夜空里果然再不黑得浓重，明明亮亮的月亮又露出了一角，那人就轻轻地笑了一下。

"师娘！"天狗看清了这女人，颤颤地叫一声。女人似乎也吃了一惊，抬头看见了天狗，说："天狗，你怎么在这儿？"

"我来看你乞月的。"天狗也学会了说巧话，说过倒慌了，补一句，"师娘，你唱得中听哩！"

女人骂道："天狗，你别说傻话！"

天狗看见这女人有些愠怒，而且还要再往江边去，就说："师娘，月亮已经出来了，你还去吗？"女人迟钝地站住了。

江边的歌声渐渐大起来，台阶上的女人又和着那歌声反复唱，天狗一时便觉得女人很美。今夜心里太受活，见了师娘越发不能自控，竟使起小小的聪明，认为这些女人万不该到江边水里去乞月看月出，手艺人家里都打了新井的，井水里看月复出，那不是更有意思吗？也就接口唱道：

　　天上的月儿一面锣哟，

　　锣里坐了个女嫦娥，

　　天狗不是瞎家伙哟，

　　井里他把月藏着，

　　井有多深你问我哟。

台阶上的那个就不唱了，说："天狗，天狗，你要烂舌头的！"石条上的说："师娘，我也需要一个月亮呢。"下边的那个就走上来，站在石条边："天狗，你可不敢胡唱，这是什么时候？你没有月亮我知道，我就是来给你师傅求的，也是给你求的。"天狗说："师娘说的可是真话？"女人说："说假话，让天狗把我也吞了！"说天上的天狗却与地上的天狗名字同了，女人觉得失口，不自在地说："我都急糊涂了！"

天狗却被冲动得完全忘却了在这女人面前的腼腆，又唱道：

天上的月儿一面锣哟，

锣里坐了个女嫦娥，

天狗心昏才吞月哟，

心照明了好受活，

天狗他没罪过哟。

"天狗，你是疯了？"

"师娘说天狗疯了，天狗就疯了！"

女人立时正经起来，不理天狗，天狗就软了，恢复了驯服腼腆的样子。女人见天狗老实了，就把一些重要事托付给他。

"天狗，你师傅近来有些异样了。"

"怎么个异样？为甚事吗？"

"他心重得很。先前没钱，钱支配着他，现在有了钱，钱还是支配着他。夜里回家常唠叨，挣上九十九，还要想法儿借一个，凑个整数，就嚷道不让五兴念书……你是他徒弟，你也好好劝说劝说你师傅。"

"五兴的游泳裤还没买吗？他已经几天没去学校了？"

"没有。五兴刚才睡时还在哭，你师傅又骂了他一顿。"

"我给师傅说说。"

"你快回去歇着吧，打了几天井，也不乏？月亮已经圆了，我要走了。"

女人说罢，悄没声地走了，她汇在了江边乞月归来的妇人群里，不可辨认了。街道上一阵人声嘈乱后，堡子里又沉沉静静。天狗并没有听从师娘的话，他不回去，守着那天上的月亮，慢慢地在长条石上睡着了。

菩萨脸一样的月亮照着。笼子里的蝈蝈得了夜的潮润，鸣叫清音，天狗没有听到。

黄麦苦

"五兴，五兴！"

天狗一上堡子门洞，就看见五兴在前面街道上走，走得懒懒的，叫一声，这孩子瞄见是天狗，竟不作答，转身钻到小巷去再不出来。天狗觉得奇怪，偏是个好事的鬼头，追进巷里，五兴面壁而站，拿指甲划墙。

"五兴，犯什么病，叔叫你也不理！"天狗拿手去扳五兴的头，五兴却把天狗的手推开，说："天狗叔，你不要叫我，叫我我就要哭哩！"天狗就笑了："你这没出息的男子汉，还是为你爹不给买游泳裤生气吗？你瞧瞧，叔拿的什么？"天狗手里亮的是一条艳红的游泳裤。

五兴却并不显得激动，抬脚就走，天狗一把扯住，知道一定有了什么事故，连声追问。五兴说："这裤衩用不着了，我爹让我打井哩。"

天狗听了，就给五兴道着不是，怨怪自己还没有来得及完成师娘的重托，这井把式就专横独断了。"五兴，我给师傅说去，我和他打井能忙得过来，用不着叫你回来！"

五兴说："我爹不会见你。"

天狗说："这你甭管，师傅在家吗？"

五兴说："爹不让我说给你。"

五兴虽小，却有他娘的德行，看着天狗，眼泪就流下来，天狗骂他"流尿水儿"。这孩子却说："天狗叔，你以后还让我去你家玩蝈蝈吗？"天狗点了点头，取笑这小东西尽说多余话，五兴却跑出巷再喊也不回头了。

天狗一脸疑惑，来到师傅的家门口，菩萨女人脸色有些浮肿，出来招呼他，当下心里着实慌了。说起五兴的事，女人长长出了一口气，一脸苦相。

"师傅呢，他怎么真的就不让五兴念书了？"

"他在来顺家打井，一早就走了。"

"师傅不是说要等来顺家请吗？"

"……"

"怎么没给我吭一声？"

女人看着天狗，说："天狗，你一点还不知道？"

"出了什么事？"

"他现在不是你的师傅了。他说他好不容易学了打井这手艺，不愿意让外人和他在一个碗里扒饭，要挣囫囵钱，就让五兴替了你……"

"这是真的？"

女人说："……昨日一早到今天，我就盼着你来，又害怕你来……"

天狗站在那里没有说话。他的眼睛避开了女人的脸，从口袋里摸出烟来点上，发现在太阳光的照射下，落在地上的烟缕竟红得像蚯蚓的血。

矮墙那边的邻家院子，媳妇在井上吊水，辘轳把儿发出吱扭扭的呻吟。

"你把那裤子退了吧，天狗，你也再不要来见他，你墙高的大人，有志气，也不是离了他就没得吃喝的……"

天狗看着女人的痛苦，反倒不感到自己受了什么沉重的打击，越发懂得了这女人的好心肠，就沉沉静静地对女人笑笑，说："师娘，这没啥，师傅这么做，我想得开，我不恨他。他毕竟还领了我一年时间。现在我要离开他了，只是担心让五兴停学去打井，这终不是妥事。五兴还小，总恋着这裤子，就留给他，我还是要常常来这边呢。"

女人很感激地送天狗出来，过门槛的时候，掉了几滴眼泪。槐树上的一只鹁鸽在叫，女人说："天狗，这鸟儿叫得真晦气，你将它撵了去。"天狗最后一次听师娘的吩咐，一石子将鹁鸽打飞了。鹁鸽飞在他头上的时候，撒下一粒屎来，落在他的肩上。女人一边替他拍去，一边说："你再找找别的什么事干干，男子汉要有志气，要发狠地挣钱，几时有了钱物色了女的了，过来给我说一句，我给你料理。"

天狗苦笑笑就走了，但他并没有回去，却极快地走过了街道；他害怕街道上的人看出他的异样，信步出了堡子，一直上了后山，睡倒在密密的黄麦菅草丛里。天狗长久地不动，想心思。

山梁上有割草的人，拉长声调在唱花鼓：

出门一把锁喂，

进门一把火喂，

单身汉子我好不下作喂。

床上摸一摸嘞，

摸出个老鼠窝嘞，

单身汉子我好不下作嘞。

锅洞里捅一捅哟，

捅出个大长虫哟，

单身汉子我有谁心疼哟。

天狗想，这单身汉子真恓惶，我天狗离了师傅，没有了惦我牵我的师娘；先前也是糊糊涂涂过了，好容易得到了一点女人的疼怜，从此失去，往后的日子怎么过呢？

　　山坡上起了风，风在草丛里旋转，天狗被黄麦菅埋着。草原来并不纷乱，根根纵横却来路清楚，像织就的一张网，网朝下是套住了他天狗，网朝上又套住了天。黄麦菅在风里全部倒伏之后，天狗就显现出来，他又在作想："钱真是个坏东西，没它的时候，它让人狼狈不堪；有了它，它又这么无情地害人。"想着，心里闷闷的，天狗不是有愁睡不着的人，恰巧相反，越愁闷越瞌睡，竟睡着了。

　　远处的天边有了沉沉的雷声。

　　但雨并没有落下来，天狗一觉醒来，听见了一片快乐的清音。原来，他的腿上、胳膊上、整个胸膛上，爬满了绿翼红肚的蝈蝈。蝈蝈是不生分他的，顺手捉了几只，装在口袋里。天狗静静立了一会儿，突然获得了一种豁达的心境，就自己给自己那么笑笑，完全又是一个往日的天狗了。

在天狗的屋子里，天狗是不缺吃的，也不缺喝的，他只是缺钱没能娶个女人。天狗虽然没读过小说，但小说作者编造的那些故事，也有些能在天狗的生活里发生。比如，当他在蚊帐里躺着，喷出一口烟去，蚊帐顶上的蚊子在烟里翻动，天狗也会把蚊子看作仙鹤，消受那翩翩飞翔的乐趣。这时候，他就想起许多事，甚至骂过师傅，虽然师傅已不是他的师傅，但天狗惦念的却是师娘。故隔三隔四，天狗仍要去那个家的。

天狗有一件宝贝越来越不能离身，这就是蝈蝈笼子。每每一到这家门口，就戳弄得蝈蝈嘶嘶地叫，喊"五兴，五兴"。喊的是"五兴"，跑出来的却是另一个人。

"天狗，又是什么好蝈蝈？"

"师娘又忙甚事了？"

师娘说："天狗，玩蝈蝈可不是大人的事，你不会干点儿别的赚钱营生吗？"

天狗又总是腼腆地笑笑，心里却说："蝈蝈不是大人玩的，有做了孩子娘的却爱看嘛！"

"师娘，你要我干什么营生呢？"

"你是男人，你倒问我？！你攒不下钱，就是攒下了，这么浪荡上了心，看哪个女的嫁你，女人最小瞧浪子呢！"

这话说得正经八百，天狗就不言语了。

天狗十天里再没到师傅家来。他睡在自家的土炕上，百无聊赖，唱堡子里流传了几代的一首情歌：

> 庭当门上一树椒吨，
>
> 繁得股股儿弯了腰，
>
> 我去摘花椒。
>
>
> 长棍短棍打不到吨，
>
> 脱了草鞋上树摇，
>
> 刺把脚扎了。

叫声姐儿来把刺挑吔，

狠心的拿来锥子刨，

实实痛死了。

　　这歌子不能说是给师娘唱的，但也不能说不是给师娘唱的，反正天狗下了决心，要正经地干样营生。他去拜木匠为师，木匠拒绝了；去拜泥瓦匠，泥瓦匠也不收他。匠人们有自己的儿子和女婿。

　　在现今的农村，他们要保护和巩固他们自家长久得以富裕的手艺。

　　于是天狗索性带了全部积存上省城去了。

　　在堡子，天狗是能人，能说能道能玩；到城里，天狗则不行。街道宽宽的，天狗却贴墙根走，街上谁也不认识他，他也眼睛羞羞地不敢看别人。师娘老说他是白脸子，在这里，天狗的脸就算不得白了。在城里人的眼光里，天狗是个十足的"稼娃"。

　　当然，这一切袭来的惊恐和羞耻，主要来自他天狗自身。他也意识到了自己来到这个地方，首要的是自己得战胜自己。天狗可不是一名哲人，这种思考却大有哲学意味。

"城里的女人都是仙人。"天狗夜里睡在旅馆，脑子里充满了白天的见闻。"师娘才是一个女人。"这鬼念头一占据头脑，天狗就有天狗的逻辑。"仙人是在天上的，供人敬的拜的，女人才是地上的，是水，是空气，是五谷粮食。"天狗需要的是师娘这样的女人。

那一张菩萨脸是他心上的月亮，他走到哪里，月亮就一直照着他。第三天里，他看见许多人都在一家商店抢购一种衬衣，衬衣极其便宜，他便想到若买一批回去，一件加二元钱，堡子里的人也会一抢而空。天狗凭着山里人的力气，挤到了柜台前，但掏钱的时候，才发现钱被人偷去了。

天狗痴了，坐在车站独自流泪。无钱做营生，无钱买返回的车票，而且肚子饥得前腔贴了后腔。饥不择食，天狗沦落到去附近的食堂吃人剩饭。食堂服务员恶语相赶，他道了原委，一个女服务员才同情了他。

"那你怎么回去呀？"

"我不知道。"

"你愿意在这里帮忙刷碗吗？一天付你二元钱。"

天狗的命好，又遇到了菩萨女人，他于是做了临时工。

天狗干活是不偷懒的。但刷洗用的是抹布，连个刷子也没有。

问起女服务员，回答说，城里什么都有，就是缺这玩意儿。天狗就笑笑，认为城里还是有不如山里的地方——那堡子后边的山上，满是黄麦菅草，将草根扎成一束，他们世世代代就用它刷洗锅碗。但天狗没说出口，怕人家笑话。夜晚，食堂关门，别人下班，天狗就睡在车站候车室椅子上。

这天食堂关门之前，天狗以挣得的钱买了酒喝，喝醉了，趴在桌上成了烂泥。店里的人都怨怪这山里人。那女服务员则一一劝说，末了一个人守着店门等他醒来，因为让一个临时帮小工的夜宿店里，店规是不允许的。

天狗醒来，已是半夜，他已躺在了三个长凳拼成的床上，床边坐着一个娇小的女人。

"师娘！"天狗叫。

"还没醒吗，又说醉话！"

天狗立即就全醒了，从床上坐起来，悔恨交加，不敢看女服务员。

"这下醒了吗？"

"真对不住你……"

"醒了就好，你到候车室去吧，我也该回去了。"

女服务员锁了门。对于她的温柔、宽容、同情，天狗非常感激，同时也感到自己作为一个男子汉的无能、龌龊、羞耻。

"我明日该回去了。"天狗说。

"车钱够了吗？"

"够了。"

"回去也好，你往后寻个事干吧，喝什么酒呢，你走吧。"

天狗却并没有走，木木讷讷地要说什么，却说不出来，天狗突然拙口了。女服务员已经走远，他才发急地叫了一声："我还想来的！"女服务员回头说："还来？"他说："你不是说城里缺锅刷吗？我们那儿满山都是黄麦菅，用根做刷子好使着哩，我回去做一担来卖，行吗？"女服务员眼里放光了："这倒是门路，光城里饭店就需要得多了，天狗寻着钱路啦。"

天狗回到堡子，当真就在后山上挖黄麦菅。山上的草窝是养天狗的心的。他可以打滚，可以赤着身子唱，还有在他身前身后飞溅鸣叫的蚂蚱、蝈蝈。

一担刷子，果然在城里卖了好价钱，城里人不知这是什么原料做的，问天狗，天狗不说。再一次回到堡子，又是在后山上刨草根。

山上来了好多孩子捉蝈蝈，五兴也来了，他当了小小的手艺人，说："天狗叔，你好久不去我家了。""我进城了。""进城要花钱，你有钱了？""我也是手艺人。""什么手艺？""编刷子。一个卖二角钱。""天狗叔有钱了，就不到我家去了。"

天狗听了，心里就隐隐作痛，问道："五兴，你娘好吗？"五兴没听见，跑到一座坟头上嚷叫发现了一只红蝈蝈。

天狗突然很想五兴的娘，是这菩萨的话，才促使他天狗到城里寻了活路。当他再一次从城里返回时，就去了师傅家。

井把式并没有不好意思，因为天狗现在也是手艺人了，也挣了钱，做师傅的心里也就不存在内疚不内疚。女人是喜欢的，多少显出些轻狂，待天狗如贵宾，吃罢饭锅也不洗，坐在炕沿上和天狗说话：

"天狗，城里是什么鬼地方，烂草根也能卖了钱！"

"师娘，明日你也去刨黄麦菅根吧。"

"我的爷，你好不容易寻了一个钱缝，我就挤一条腿去？"

"山上有的是草，城里需要得又多，我还怕你夺了我的饭碗？"

把式脸上就不自在了，喊五兴去打井水给他擦身，五兴趴在炕上正看一本书，听见了装着不理会。天狗说："五兴这孩子是个慧种，我还是我那老话，让他去念书的好。"

把式说："已经停学这段时间了，还念什么书？你瞧瞧，你现在也成了手艺人，钱挣那么多，我父子俩怕也顶不住你，还敢剩下我一个人？"

女人见天狗也说不通男人，就问城里的孩子都干什么，末了说："五兴脑子是灵，只是有些慌，孩子或许将来能干个大事，现在只好在地里打窟窿了。"

把式是听不得作践打井手艺的，何况在一个新发财的外人、自己原先的徒弟面前，就骂女人："打窟窿咋啦，就这打窟窿可以打一辈子，是给五兴留的铁打一样的饭碗！"骂过了，不屑地对天狗说，"天狗，你说是不？我这手艺长久，还是你那生意可靠？"

天狗说："当然师傅的长久，我这是抓个便宜现钱。可我也是没了办法，要是我天狗有文化，我肯定去育蘑菇了。你听说过吗，东寨子的王家育鲜蘑菇，存了三万元了。人家就是高中生，他弟弟又是医学院毕业的，提供技术，搞的是科学研究哩。"

井把式就不再吱声，吸了一阵烟，圪蹴到院中的捶布石上想心事去了。

女人极快地给天狗挤挤眼，天狗懂得这女人眼里的话，也就到院里，把五兴叫出，说："五兴，你说想上学还是不想上学？"五兴说："想。"井把式却冷冷地说："我知道了。你去吧，咱家的井水浅了，下去淘一淘，淘出沙我在井上吊，水不到腿根，你不要上来。"

女人的脸都变了颜色，说："你是疯了，他一个人能淘了井？"井把式瞪了一眼，只是对五兴说："下去！"五兴不敢不下去。

这家人地处居高，井是深到二十二米才见水的，固井底是响沙石，水浸沙涌，水就不比先时旺。五兴脱了衣服，只留下裤衩，手脚分开，沿湿漉漉的井壁台窝下去，就像被吞食在一个巨兽的口里。

三个大人站在井台，望着那地穴中的一潭水亮，看黑蜘蛛一般的孩子站在水里，一切都处于幽幽的神秘中。水声，吭哧声，即从那里传了上来。

辘轳将井绳垂下去，拉得直直的，它在颤抖中变硬，井把式把一筐沙石吊上来，井绳再垂下去。一筐，两筐……十筐，二十筐。井下的喊："爹，有一块大石头。"井上的说："淘出来！""石头太大，我装不到筐里。""装不进也要装！""爹，我手撞破了。""手离心远着哩。"井上的还说，"好好淘，把嘴闭上！""我闭上了。""闭上了还说话？！"

做娘的不忍心了，扳住辘轳说："你要失塌了五兴？"男人把她推开了。

井台边已吊上了老大一堆沙石，把式的腿也站酸了，胳膊摇辘轳也乏了，坐下来吸烟。五兴还在井下干着，井壁上一块沙土掉下去，正好砸在他的腿上，五兴终于受不了，在下边呜呜地哭起来。天狗说："师傅，让我下去淘吧！"把式没言语，黑封了脸，让五兴上来，上来的五兴成了怪胎，坐在那里是一丘泥堆。

井把式说："五兴，知道了吧，打井不是容易的事，你要念书，你就去把墨水狠狠往里倒，若念不好，你就一辈子吃这碗饭！"

女人背过身抹了眼里的泪水，就钻进厦房的锅台上去刷碗。刚跨进那门槛，就听她锐声喊天狗来厦房地窖里舀苞谷酒。天狗跑进去，见女人满脸生辉，就说："要喝庆贺酒啦，是谢师傅，还是谢我？"

女人说："你说呢？"天狗揭了窖盖，要下去了，女人点着灯交给他，说："你瞧瞧，你这师傅，要说坏他也坏，要说好他也好。"天狗说："师傅是坏好人。"一缩身，钻进窖里去了。

秋　天

九月三日，是天狗的生日。天狗属鼠，十二属相之首。三十六岁的门槛年里，却仍是一种忌讳影子般摆脱不掉，干什么事都提心吊胆。

说起来，天狗在这事上够可怜的。王家的里亲外戚，人口不旺，正人也不多，爹娘下世后，大半就断绝了来往，小半的偶有走动，也下眼看天狗不是个能成的人物，情义上也淡得如水。他是舅家门上最大的外甥，舅死的时候，他哭得最伤心，可给舅写铭旌，做第一外甥的天狗，名字却排不上。已经死去的三姨的儿子在县银行当主任，有头有脸有妻有子，竟替换了天狗，天狗那时很生气，人没了本事，辈数也就低了。于是又跪倒在舅的坟前哭了一场。从此只和大姨感情笃。

大姨是天狗娘的姊妹里唯一幸存者，该老的人了，没老，她说是"牵挂天狗"的原因，牵挂天狗，最牵挂的是天狗的婚姻。眼看着天狗三十五岁上婚姻未动，就更恐慌三十六岁这门槛年，便反复叮咛这一年事事小心，时时小心。并一定要天狗在生日这天大过，以喜冲凶，消灾免祸。

给天狗过生日的，不是别人，却是师娘。她前三天就不让师徒二人去打井，九月初三里七碟子八碗摆了酒席。席间，大姨从江对岸过来。她先去天狗家里未找到天狗，来这里看着席面，倒说了许多感恩感德的话。当时就将所带的挂面、面鱼放在柜上，又将一件衫子、一个红绸肚兜、一条红裤带交给天狗。这种以婴儿过岁的讲究对待三十六岁的天狗，天狗当场就笑得没死没活。大姨一走，他就要将这些东西让给五兴，师娘恼了脸，非叫他穿上不可。那神色是严肃的，天狗就遵命了。

现在，危险的一年即将完结，大姨又从江对岸过来，见天狗四肢强健，气色红润，念佛一般喜欢，说：

"看来你是个命壮的人，门槛年里没出大事，往后就更好了。"大姨说到快活处，就唠叨这王家总算没有灭绝，想起早死的姊妹，眼圈就红了。

"天狗，生日一过，就要动动你的婚姻了。阎王留姨在人世，姨不看着你成亲，姨就不得死去。你给姨说，这一年里，还没有物色着一个吗？"

天狗说："没有。"

姨说："姨给你瞅下一个，是个二婚，人倒体体面面，又带一个三岁娃娃，是春天离的婚，不知你可中意？"

天狗说："姨也糊涂了！我还见都没见过这人，怎么好说愿意不愿意？"

姨说："那你说说，你要啥样的女人？"

天狗支吾了半天，还是说不出口。大姨就拧了他的耳朵："这羞什么口。三十六七的人了，提说女人还脸红，心窍不开！"天狗在心里直笑大姨，天狗有什么不知道的！但听了大姨的话，却越发作出不好意思的样子，表明天狗是心实的人，不想弄巧成拙，大姨倒长吁短叹，再不问他。天狗终于耐不住了，说："姨，有五兴娘好吗？"

说完就屏住了气。

大姨说："没五兴娘的性儿软，却比五兴娘要年轻呢。天狗，你不懂女人，栽红薯要越大越好，讨女人是越小的越金贵哩。"

天狗作出没听懂的样子。

大姨就扳过天狗的肩，发现肩背的衣服裂了一个口子，拿针缝着，说："那寡妇有个娃，有娃也好，不是亲养的也不见得对咱不孝。我对那寡妇提说了你，人家倒愿意，只是说她娘家有个老娘和一个小兄弟，平日靠她养活。她要再嫁，得给娘家出些钱。你现在手里攒了多少？"天狗说："有三百。"大姨说："那是老虎嘴里的一个蝇子！你还要好好攒钱哩。"天狗心就凉了，说："既是这样，也就算了。"大姨倚老卖老，说："算什么着？这事你要不失主意！你是不吃糖不知糖甜，女人好处多哩，白日给你做饭，夜里给你暖脚，给你做伴说话，生儿育女，你敢再打马虎？几时我来领你去相看人家，把人先定下，钱你慢慢攒。"

三天后，天狗去见了那寡妇，人虽不是大姨说的光彩照人，却也整头平脸。回来将这事说给五兴娘，菩萨欢喜异常，说："这总算有了着落，天狗，你咬着牙，这几个月多出些力，手头把自己吃喝苛苦些，好生攒钱。"天狗说："那女的就是心太重，她不是为着找男人，倒是寻债主的。"女人说："哎，做妇道的，就是眼窝浅；可也难怪，啥事妇道人家都得前前后后地想得实在啊。"天狗说："师娘就不是这样！"师娘就笑了，骂一声"天狗贫嘴"。天狗是贫嘴，天狗不会文绉绉说甜蜜话，冷不丁就冒一句"酸话"，冒过了龇着白厉厉的牙笑。天狗又说："我跟她怎么总热火不起来？"女人瞧他说得认真，用白眼窝瞪着天狗："你嫌人家是寡妇？""这我倒不嫌弃。师娘，就是有比她再大的，只要人好，我还愿意哩！"话一出口，女人变了脸，天狗也觉得说漏了，两个人很是一阵别扭。女人就说她要去后山割黄麦菅晒柴，天狗也便起身走了。

临出门，女人叫住天狗，说："天狗，夜里你擦黑就来，我给你擀长面吃。"

天狗说："哟，日子真是过富裕了，晚上也吃长面？"

女人说："不光长面，还有红鸡蛋呢！你想想，明日是什么日子？"

天狗猛地记起明日是自己的生日，脸就红了，说："师娘，我天狗没爹没娘，只有你记着我的生日，天狗不知怎么谢你呢！"

女人说："瞧瞧，贫嘴又来了，天狗学会了不实在！"

天狗说："我说的没一句不是心上来的。师娘，只要有你这一句话，天狗什么都够了。天狗能活九十九！至于过生日嘛，我看算了，现在既然已经不是师傅的徒弟了，还要你操心？"

女人说："哟，媳妇八字还没一撇，就跟我说起外人话来了？怕也是我给你过的最后一个生日，等你成了家，明年我清清净净去你家吃那妹子擀的长面哩！今日无论如何要来，门槛年完了，也给你贺一贺！"

女人说着，眼里就媚媚地动人。没出息的天狗最爱见这眼光，也最害怕，他是一块冰做的，光一照就要化水儿了。

天狗回到家里，情绪很高。在屋檐下站着看了一阵嘶鸣的蝈蝈，就想着师娘的许多善良。想到热处，心里说，这女人必是菩萨托生，每个人来到世上都是有作用的，木匠的作用于木，石匠的作用于石，他师傅生来是作用于井，我天狗生来是作用于黄麦菅，而这女人则是为了美，为了善，恩泽这个社会而生的。天狗如此一番的见地，自己觉得很满意。忽然又想，菩萨现时要到山后去割草晒柴，那么细脚嫩手的人，能割倒多少柴火，我怎么不去帮她？就拿镰往后山走去。

后山上的草遍地皆是，将近深秋，草叶全黄了。黄麦菅一成熟，就变得僵硬，黄里又透了金的重色，风里沙沙沙作响。天狗站在草丛中，四面看着，却没见那女人出现，就弯腰砍割了一气，把三个草捆子扎起来立栽在那里了，他想等女人走来，出其不意地从草捆后冒出来，吓一吓她。

可是菩萨没有来。

天狗就拿了镰，走到一个洼子里的小泉边磨。水浅浅的，冲动着泉边的小草颤颤地抖，几只蚰蜒八脚分开划着水面，天狗的手已经接近了，它们还沉着稳健不动，但才要去捉，它们却影子一般倏忽而去。天狗用镰在水里砍了几砍，就倒在泉边的草窝里。看着一面干干净净的天，想着丹江对岸那个白脸子小寡妇，想着耸着奶子正在家擀长寿面的菩萨，心里就又一阵美，像是坐了金銮殿充皇帝老儿。天狗这些年里有了爱唱的德行，这阵心里便涌涌地想唱，便唱了：

想姐想得不耐烦呐，

四两灯草也难担呐。

隔墙听见姐说话吧，

我一连能翻九重山呐。

天狗唱完，兴致未尽，就又作想：这歌声谁能听到？于是就想起另一位，拟着口气唱道：

郎在对门喊山歌，

姐在房中织绫罗，

我把你发瘟死的早不死的唱得这样好哟。

唱得奴家脚跛腿软腿软脚跛，

踩不动云板听山歌。

唱过了，天狗也累了，一边拿眼看山下的路，路上果然跑过来一个人，天狗认出那是师娘，偏不起身，只是拿歌子牵她过来，那女人也就发现了他，立着大喊："天狗，天狗！"

声音有些异样，天狗就站起来了。

女人也看见了天狗，就用哭腔喊叫："天狗，快来呀，你师傅出事啦！"

天狗立时停了歌声，也停了笑，拔脚跑下去，女人说："你怎么到山上来了？到处找不着你！你师傅打井，井塌了，一块大石头把他压在下边，人都没办法救，你是打过井的，你快去救他啊，他毕竟做过你的师傅，天狗！"

天狗的血轰地上了头，扭身往堡子跑。女人却瘫在地上不能起来。天狗又过来架着她，飞一样到了刘家。刘家的院子里拥满了人，原来井打到二十五丈，出现一块巨石，师傅用凿子凿了眼，装炸药炸了，二次返下井去，石头是裂了，却掏不出那一块大的，便从旁边挖土，土挖开了，只说那石头还是不动，就在下边用撬杠撬，不想石头塌下去，将他半个身子压住了。井上的人都慌了，下去又不敢撬石头，害怕石头错位伤了把式的性命，消息报给五兴娘，女人就四处找天狗。

天狗当即下井，师傅已经昏死过去了，石块还压在下身。他一边喊着"师傅"，一边刨师傅身下的土，又急，又累，又害怕稍不小心石头再压下来，好不容易把师傅拉出来，血淋淋地背在身上爬上井台。

几天几夜的抢救，井把式的命是保住了，保不住的却是他腰以下的神经。一个刚强的打井手艺人，从此瘫在了炕上，成了废人。

做农民的，什么都不怕缺，就怕缺钱；什么都应该有，就是不敢有病。天狗的师傅英英武武打了几年井，如今打到这一步，这家人就完全垮了。女人在医院伺候了丈夫三个月，伤心落泪，眼睛肿烂，口舌生疮。天狗没有吃上那生日的长寿面，在后山上割倒的黄麦菅柴火也让谁家的孩子背走了。他再没有上山刨黄麦菅根，当然也再没有进省城。为了师傅的伤病，天狗和师娘背了把式住国营的医院，也找了民间的郎中。井把式还是站不起来。师傅的心也灰了，在炕上老牛似的哭，拿头往墙上撞。好说好劝，这要强心重的汉子才没有自尽，却日夜伤心悲观，把脑子也搞坏了，显得痴痴呆呆的。

几个月的折腾，女人就失去了往常的光彩，形容憔悴，气力不支，蹲下干一阵起来，眼前就悠悠地浮一片黑云。更使她备受折磨的是家里的积蓄流水似的花去，日渐空虚，又不敢对丈夫半句高声，常在没人处哭。

天狗看着，心里如刀扎，想自己不能代替了师傅。师傅是有长久手艺的人，能代替他瘫在炕上，这个家就不会这般受罪；看着师娘如此可怜，比天狗自己瘫在炕上还要难受。可天狗不是这家的人，只能在炕头劝说师傅，在院里安慰女人。帮着种地、喂猪、出圈粪，出外请医生抓药，就拿自己的钱来支应。

一场事故，把人囫囵地改变了性格。井把式褪了专横，女人变得刚强，天狗说过有了女人就长大了，现没个伴他的女人，天狗也长大了。

这天，天狗又割了几斤肉和豆腐提来，女人说："天狗，你要总是这样，我也就恼了！这家里成了无底的黑窟窿，你有多少积存能填得满？！"天狗说："师娘，现在就不要说这些话，我一个人毕竟好将就。"

女人说："你也不是有金山银山，这么长时间也没去做刷子卖，你是另有什么手艺不成？你把钱花光了，那江对岸的女的怎么娶得回来？"

天狗没有给师娘说明。前天夜里，大姨又过江来找了他，说是那小寡妇有了话，问这边钱筹得怎样，若月底还是拿不出一千元，她就不再等了，有钱的几个光棍都在托媒了。天狗生了气，说："看谁钱多让她跟谁去，我有一千元，一千元我天狗可以买十头猪给师傅补身子哩！"话说得难听，大姨好生骂了一顿，问他想不想要个儿子，天狗说得更粗野："我一千元放在那里，生的也是钱儿子！"大姨气得脸色煞白，吵了一夜，不欢而散。

师娘当然不知道这件事，还是说："天狗，眼看就是三月三乡会了，女婿都走丈人，你虽说没结婚，却也该到对岸那家去。这肉既然买回来，咱就不要吃，我夜里再蒸二十个馍，你明日提前去走走吧。"

天狗听了，一时心火上攻，竟忘记了自己是在这苦难的菩萨面前，焦躁地说："我不去！"

女人说："你敢胡说！"

瘫了的师傅在上屋土炕上全听见了，就敲着炕沿叫天狗，天狗进去，师傅说："你怎能不去？你想老死了做绝鬼？！"说罢拉天狗坐下，缓了口气又说："师傅现在是没用的人，别的话你可以不听，只要你听一句，明日乖乖去江对岸，这身上衣服也成油匠穿的了，夜里让你师娘洗一把，唵！"

　　天狗这才说了实话："人家早不成啦！"

　　说完也不再解释，走出门，一直从院子里走出去了。

　　井把式和女人倒一时愣了，末了女人就哭出声来。

　　夜里师娘来到天狗的家里，问清了原委，知道一切因自家的拖累所致，就连连叫"造孽！"骂天狗不该为她家花了积存，又骂小寡妇认钱不认人，下贱坯子。天狗见女人骂自己，越发觉得这女人贤惠可敬。女人骂着骂着，就骂了自己，哭泣不止。

　　天狗立在那里倒真像个手足无措的孩子。

　　女人说："天狗，是我家害了你，这我和五兴爹一辈子有赎不完的罪。事情落到这田地，我家里是空了，你也空了，即使你天狗还有分文，我也不让你再往我家里贴赔。可这个家，有出的没入的，啥事都要钱，我思谋了，还是让五兴回来干干别的事吧。"

天狗说："师娘，这使不得。五兴先头耽误了几天学习，好不容易让他又复了学，就是再穷再苦，也不敢误了五兴的学业。"

女人怎不明晓这层道理。可妇道人家是一副软心肠，经天狗一番道理之后，同意了不让五兴停学。可回到家里，一进屋，眼看着狼狈不堪的丈夫，一颗心又转了。这对中年夫妇一夜没有睡好，一会儿决定让五兴停学，说停学好；一会儿又不让停学，说不停学好。拉屎撒尿做不了主，井把式就大声吸着鼻子，哭了："这都是我害了你们娘儿俩，害了人家天狗，我怎么就不死呢！你给我买包老鼠药来，让我喝了，反正活着没用，也不花钱吃药了！"女人听了这话，两股眼泪流下，说道："他爹，你别说这话，家里人嫌弃你了吗？你就是睡在这里任事不干，你也是这一家的定心骨。你要再说这话就是拿刀子杀我。你是还嫌我心没伤透吗？"男人就再不作声。

夫妇俩自结婚以来说了这最多的一场话，才各自深深体会到对方的温暖；生活的苦绳拴住了一对蹦跶的蚂蚱，他们谁也离不得谁。夜深了，油灯在界墙的灯窝里叭叭地响过一阵，油尽灯灭，女人重要点灯，男人说："算了。"为了省下一根火柴和一盏油，黑夜里泪眼在闪着光，男人被按着睡下了，失去知觉的双腿日渐萎缩，女人在被窝里为他揉搓，活动血脉，在扳着下身为男人翻了几次身后，女人就脱得光光的猫儿似的偎在丈夫的身边睡着了。睡到四更，女人突然被男人摇醒，她叫道："你咋没瞌睡？"男人说："我睡不着，我有一件事想给你说哩。"女人就坐起来，拥着被子，被子的一角湿漉漉的，是男人流下的眼泪。月光从窗棂里昏昏地照进来，女人看着丈夫一张被痛苦扭歪的脸。

男人说："我好强了一辈子，也自私了一辈子。和你做夫妻了十几年，我没有好好待你，这是我现在一想起来就心愧的事。我现在是完了，到死也离不了这面土炕了。人常说'病人心事多'，我是终日在想，啥事都想过了，想过死。你骂了我，你骂是对的，我也没脸面再去死，我就活着吧。可咱家里，总不能这样下去啊，五兴他娘！因此我就思想，你可以不离开我，我还是你的男人，但世上都是男人养活女人，女人怎能养活了男人，那南北二山都有'招夫养夫'的……"

女人静静地听男人叙说，越听越有些害怕，听到最后，一把将井把式的口捂住了，说："我不听，我不听，你睡在炕上胡想了些什么呀！"眼泪叭叭地掉在被面上。

招夫养夫，深山里是有这种习俗的。平日里菩萨女人也听说过这种事例，只当是一种新闻，一种趣谈。现在丈夫竟要她充当这事例中的角色，她浑身痉挛，抖得像筛糠。

男人见女人如此悲凄，自己也裂心断肠，长吁短叹，说："我这样说，是我这男人的羞耻。可你不让我死，又不这样，你是让我睡在这里看你受苦受难，我不死在绳上药上，也会用心杀了我自己！"

女人就扑在男人身上，悲不成声："只要为了你，我什么都可以做得，可你让我招夫，我到哪儿去招？哪个单身男子肯进咱的门？就是有人来，好了还罢，若是个坏的，待你不好，那我哭都没眼泪了！"

夫妇俩抱头哭到天明。天明的时辰，听见远远的后山上有狼的嗥声，犹如人在呼号。

清早，女人又要去后山割草，晒柴，男人叮咛说到阳坡割，不要去阴洼，若遇见什么狗了，先"狼，狼！"叫喊试探，以防中了狼的伪装；若不慎惊撞了马蜂，万不要跑，用草遮了头脸就地装死。女人一一记在心上，走了。男人见女人一走，就在家大放了悲声，惊动了街坊。有人进来，他就求人去把天狗找来，说他有话要叙说。

天狗苦苦闷闷窝在家里，什么事也慌得捏不到手里，就无聊地编织起蝈蝈笼子来。三月的蝈蝈还没活跃，没有清音排泄他的烦愁，就痴痴看着空笼出神。他到了师傅的炕边，以为师傅又要说让五兴退学的事，便说："师傅，有我天狗在，我天狗就永远是你的徒弟，我不是那喂不熟的狗，我天狗是没大本事的，可我不会使师傅这一家败下去，无论如何，五兴要让他好好念书。"

师傅说："天狗，也怪我先前瞎了眼窝，没让你跟我继续打井。人就是这没出息的，只有出了事，才会明白，可明白了又什么也来不及了。你给师傅说，江对岸那小寡妇真的吹了？"

天狗说："吹了，那号女人只盯钱！甭说她不愿意了，就是她那德行，十七、十八的开的是一朵花，我走过去拾一片瓦盖了理也不理。你想想，要是师娘也是那样的人，她不知早离开你多长日子了。"

师傅说："唉，你师娘是软性子，受了我半辈子气，可她心善啊，逢着这样的老婆，我李正什么也就满足。可如今，她受的苦太重，毕竟是一个妇道人家，地里没劳力，里外没帮手，不让五兴退学吧，要吃要喝又要花钱，还加上伺候我这废人，一想到这，我心就碎了。天狗，我想让她走一条招夫养夫的路，你实话对我说，使得使不得？"

天狗听了，心里不禁一阵疼。伤残使师傅变成了另一个人。作出这般决定，师傅的心里不知流过了多少血？不行，不行，天狗摇着头。可不走这条路，可怜的师娘就跳不出苦海，天狗头又摇起来。天狗没有回天力，只是拿不定主意地摇头。两人沉默了半天，天狗说：

　　"师傅，这事你给师娘说过？"

　　师傅说："说不通。可从实际来看，这样好。这又不犯法，别人也说不上笑话。你说呢？"

　　天狗说："那有合适的人吗？"

　　做师傅的却不作回答，为难了许久，拉天狗坐近了，说："作难啊，天狗，谁能到这里来呢？你师娘一听我说这话，就只是哭。我想，你师娘那心肠你也是知道的，这堡子里也没几个能赶上她的。虽说是快四十的人了，但长相上还看不出来……"说着就直直地看天狗的脸。

　　天狗并不笨，品得出师傅话里的话，心里怦地一跳，将头低下了。

屋子里沉沉静静。

天狗从炕上溜下来，坐在了草蒲团上。院子里，女人背着高高的一背笼柴火进来，在那里咚地放了。院墙的东南角上，积攒的柴草已俨然成山。女人一头一脸的汗，头发湿得贴在额上，才要坐下歇口气，瞧见天狗从堂屋走出来，就叫了一声"天狗"！

天狗痴痴地从院子里走出去，头都没有转一下。

三天里，丹江岸上的堡子，沉浸在三月三乡会的节日里。农民们在这几天停止一切劳作，或于家享乐，或频繁地串亲戚。未成亲的女婿们皆衣着新鲜，提四色大礼去拜泰山泰水。泰山泰水则第一次表现出他们的大方，允许女儿同这小男人到山上去采蕨菜。三月里好雨水，蕨菜嫩得弹水。采蕨人在崖背洼，在红眼猫灌丛，也采着了熟得流水的爱果。天狗家的后窗正对着山，窗里装了一幅画，就轻轻唱出了往年三月三里要唱的歌：

远望乖姐矮陀陀噢，

背上背个扁挎箩哟，

一来上山去采蕨噢，

二来上山找情哥哟，

找见情哥有话说。

唱完了，天狗就叹一口气，把窗子关上，倒在炕上蒙被子睡了。天狗从来没有这样恍惚过，他不愿意见到任何人，直到夜里人都睡下了，天狗就走到堡子门洞上的长条石上。旧地重至，触景生情，远处是丹江白花花的沙滩，滩上悄然无声。今晚的月亮再也不是天狗要吞食的月亮，但人间的天狗，三十七岁的童男，心里却是万般感想。师傅的女人，师娘，菩萨，月亮，使天狗认识到了一个实实在在的女人。在一年多徒弟生涯里，在十几年一个堡子的邻里生活中，天狗喜欢这女人。女人的一个腰身，一步走势，一个媚眼，都使他触电一样地全身发酥，成百上千次地回忆着而生怕消失。他天狗曾怀疑过和害怕过自己的这种感情，警告过自己不应该有这种非分之想。但天狗惊奇的是，对于这个女人，他只是充满着爱，而爱的每次冲动却绝对地逼退了别的任何邪思歪念。天狗不是圣人，他在这女人面前能羞耻，能检点，也算得是圣人了。所以，天狗也敢将这种喜欢和爱，作为自己的生命所需，变成一副受宠的样子，在这菩萨面前要作出孩子般的腼腆和柔顺。

月食的夜里，女人在这里为丈夫和另一个小男人祈祷而唱乞月的歌，天狗也为女人唱了两首歌。歌声如果有精灵，是在江水里，还是在草丛里？

"现在要我做她的第二个男人吗？"

说出这话的，不是他天狗，也不是他天狗爱着的师娘，竟是自己的师傅，女人的真正的丈夫！天狗该怎么回答呢？"我愿意，我早就愿意。"天狗应该这么说，却又说不出口。她是师娘，是天狗敬慕和依赖的母亲般的人物，天狗能说出"我是她的男人"的话吗？天狗呀，天狗，你的聪明不够用了，勇敢不够用了，脸红得像裹了红布，不敢看师傅，不敢看师娘，也不敢看自己。面对着屋里的镜，面对着井底的水，面对着今夜头顶上明明亮亮的月亮，不敢看，怕看出天狗是大妖怪。

第四天，是星期天。五兴从学校回来，到江边的沙地上挖甘草根。

天狗看见了，问："五兴，你掘那甘草作甚？"

五兴说："给我娘采药。"

天狗慌了："采药？你娘病了？什么病？"

五兴说："我从学校回来，娘和爹吵架，娘就睡倒了，说是肚子鼓，心疼。爹让我来采的。"

天狗站在沙地上一阵头晕。

"天狗叔，你怎么啦？"

"太阳烤得有些热。五兴，念书可有了长进？"

"天狗叔，我娘又不让我念了。"

"不是已给她说好不停学了吗？"

"我娘说的，她跪着给我说的，说家里困难，不能老拖累你，要我回来干活。"

天狗默默回到家里，放声大哭了。他收拾了行李，决意到省城去，从这堡子悄悄离开，就像一朵不下雨的云，一片水，走到天外边去。但是天狗走不动。天狗在堡子门洞下的三百七十二台石阶上，下去三百台，复上二百台。这时的天狗，若在动物园里，是一头焦躁的笼中狮子；若在电影里，是一位决战前夜地图前的将军。

天狗终于走到了师傅家的门口。

"师娘，我来了，我听师傅的！"

正在门口淘米的女人愣住了，极大的震撼使女人承受不了，无知无觉无思无欲地站在那里，米从手缝里流沙似的落下去，突然面部抽搐，泪水涌出，叫一声"天狗！"要从门槛里扑过来，却软在门槛上，只没有字音地无声地哭。

堡子里的干部，族中的长老，还有五里外乡政府的文书，集中在井把式的炕上喝酒。几方对面，承认了这特殊的婚姻，赞同了这三个人组成一个特殊的家庭。当三个指头在一张硬纸上按上红印，瘫子让人扶着靠坐在被子上，把酒敬给众人，敬给天狗，敬给女人，自己也敬自己，咕嘟嘟喝了。

五兴旷了三天学，再一次去上学了。这是天狗的意志，新爹将五兴相送十里，分手了，五兴说："爹，你回去吧。"天狗说："叫叔。"五兴顺从了，再叫一声"叔"，天狗对孩子笑笑。

饭桌，别人家都摆在中堂，井把式家的饭桌却是放在炕上的。

原先在炕上，现在还在炕上。两个男人，第一个坐在左边，第二个坐在右边，女人不上桌，在灶火口吃饭，一见谁的碗里完了，就双手接过来盛，盛了再双手送过去。

麦田里要浇水，人日夜忙累在地里，吃饭就不在一块儿了。女人保证每顿饭给第一个煮一个荷包蛋在碗里，第一个却不吃，偷偷夹放在第二个碗底里。天狗回来了，坐在师傅身边吃，吃着吃着，对坐在灶火口的女人说："饭里怎么有个小虫？"把碗放在了锅台上。女人来吃天狗的剩饭，没有发现什么小虫，小虫子变成了那一个荷包蛋。

茶饭慢慢好起来，三个人脸上都有了红润。

几方代表在家喝酒的那天晚上，第一个男人下午就让女人收拾了厦房，糊了顶棚，扫了灰尘，安了床铺，要女人夜里睡在那里。女人不去。天没黑，第一个男人就将炕上的那个绣了鸳鸯的枕头从窗子丢出去，自个儿裹了被子睡。女人捡了枕头再回来，他举着支窗棍在炕沿上发疯地打。

女人惊惊慌慌地睡在厦房。一夜门没有关。一更里听见了狗咬，起来把门关了；二更里听见院外有走动声，又起来去把门闩抽开，睡在床上睁着眼；三更里夜深沉，只听蛐蛐在墙根鸣叫；四更里迷糊打了个盹；五更里咬着被角无声地哭。天狗他没来。

　　这天狗，

　　想当初，

　　精刚刚，虎赳赳，

一天到晚英武不够。

自从人招来，

今日羞，明日愁，

一下成个泪蜡烛，

蔫得抬不起头。

这女人，

想当年，

话不多，眼不乱，

心里好像一条线。

自从招来人，

今日愁，明日羞，

一下成个烂门扇，

日夜合不严。

日月过得平平淡淡、拘拘谨谨。过去的一日不可留，新来的一日又使人愁。又是一次吃罢晚饭，两个男人在炕上吸烟，屋外渐渐沥沥下雨。下了一个时辰，烟袋里的烟末吃完了，天狗站起来，去取柱子上挂着的蓑衣。为大的就说："天狗，你……"天狗装糊涂，说："不早了，你歇下吧，明日一早雨还要下，我给咱叫了自乐班来，咱家热闹热闹。"为大的发了怒，将支窗棍咚地磕在炕沿上，说："你要那样，我就死在你面前！"天狗木然地立在那里，恭敬得像个儿子，叫道："师傅……"末了还是默默地走了出去。

雨下得哗哗哗地越发大了。

蝎　子

　　暑假，五兴从学校回来。近半年的新式家庭生活，孩子也日渐鬼灵地开窍了许多事理。地里的活，天狗一揽子全包了，不让他插手，他就协助着娘忙活家务，忙毕，搬炕桌在把式爹身边坐定，用了心地读书。把式现在有时间，静心看读书人的举动，心里就作美，五兴一抬头，见爹正含笑看他，忙回爹一笑，爹的脸又冷却了。把式养的狗，知道狗的脾性，常冷脸待五兴，不让他轻狂、顺杆子往上爬。天狗锄完苞谷地回来，脚步声谁也没听到，把式就听到了，说："五兴，给你爹打水去！"

　　五兴怕亲爹，听见吩咐，就忽地下炕去了。院里并没有小爹的影，吱扭扭把水绞上井，天狗果然进了院，五兴兴冲冲叫一声："果真是爹！"

做爹的这个并不应，放下锄说："五兴，书念过了？"答说："念过了。"便从后腰带上取下两件宝，一件是竹根烟袋，一件是蓖麻叶，烟袋叼在口里吸，蓖麻叶里包着三只绿蝈蝈。说声："给！"蝈蝈却从叶里蹦出来，一只公鸡猛见美食，上前就啄，五兴急得脚踏手拍，三只蝈蝈却跳在鸡背上，嘶嘶地叫。五兴就势捉了，装在竹笼儿里。三只蝈蝈一叫，厦房屋檐下的蝈蝈笼里，一个一个都歌唱起来，满院清音缭绕。

五兴喜欢这个爹，这爹不板脸，脸是白的，发了怒也不觉惧怕，又能和他玩蝈蝈，故叫这个"爹"倒比叫那个"爹"口勤。

家里小的爱蝈蝈，来了个大的也爱蝈蝈，这家人的爱欲也就都转移了。往日五兴去上学，天狗去下地，女人头明搭早出来开鸡棚，蝈蝈笼也就挂在厦房檐头下。天要下雨，炕上的瘫子先听到雨声，就说："他娘，快把蝈蝈笼提进来！"蝈蝈吃的是北瓜花，院墙四角都种了瓜，于是种瓜不为吃瓜，倒为了那花。花开得黄艳艳，嫩闪闪。

地里的苞谷旺旺地长，堡子里的人该闲的就闲下，闲不下的是手艺人，都出去揽生意了。有好几家，造起了一砖到顶的新屋，脊雕五禽六兽，檐涂虫鱼花鸟。有的人家开始做立柜，刷清漆，丑陋肥胖的媳妇手腕上已不戴银镯，换了手表，整个夏天里不穿长袖。看着四周人家的日子滋润，天狗心里很是着急。好久没去城里干他那独门的生意了，就和五兴去后山挖了几天黄麦菅根，女人就点灯熬油在家扎刷子。瘫了的人腿不能动，手上有功夫，夜里便让大家都去睡，他来扎刷子。天狗又起身回他的老屋去，为大的就不言语，却要五兴一定跟他睡。五兴要去关院门，把式不让关了。

　　五兴睡着了，把式还坐在炕上扎刷子，扎好了一筐，一夜却听不到院门响，也一夜叹息不止。夜半子时，女人出来小解，听见屋上男人的叹息，跑上来问："哪儿不美？"见这可怜的瘫人却还在扎锅刷，倒气得一把夺了："你真个不要命了！""我白日把觉睡了，我没瞌睡。""……""现在几时了？""正半夜了吧。""他还没来？"女人点着头。"我把这天狗！……"叫起天狗啊，爱你还是恨你，说你是好人还是坏人，害得师傅夜夜睡不着。井把式说过这话，心里一股黑血流过，脸上却强露了笑，女人最怕的就是瘫人的这种笑，恨天狗忠于师傅，忠于师娘，却忠得愚蠢，忠得千不该万不是！瘫人说："五兴娘，这事你让我怎么个说！你，你也该……"瘫人气喘得说不下去。女人一下子附在了男人的身上，泪脸对着泪脸，让他的胡子扎扎她的腮。男人说："你要权当我是死了！"说完，脸转向炕里去。

但天狗太执意，女人也没办法。世上的水太清了，水就养不了鱼；完全的黑暗是看不见东西的，完全的光明也是看不见东西的。天狗不知这道理。

天狗领了五兴到省城里，又见到食堂那个女服务员。五兴第一次进城，无知也就无畏，到处钻动，见啥问啥，又一口一声叫"爹"答。女服务员说："你年纪不大，孩子这么大了？！"天狗应一声，脸就绯红，装着解衣领，说天热。食堂的锅刷还有积存，天狗让五兴在食堂待着，他挑了担子去叫卖。女服务员就逗五兴说闲话："叫什么名？""李五兴。""你爹姓王，你倒姓李？""我跟我娘姓。""你娘多大了？""四十了。""你爹才三十七，你娘倒四十？""我娘是虚岁。""你长得可不像你爹！"五兴不回答了，装得傻傻的，问食堂要不要蝈蝈，他养有四十只蝈蝈。

半下午，天狗回来了，一担锅刷只卖了五分之一，脸上气色很不好，说："这生意做不成了，五分钱一个也没人要了。"父子俩当下没了话。天狗看着五兴也知愁，脸上就作出笑来，说："挣钱不挣钱，先落个肚肚圆，五兴，咱去吃一顿！"买饭时，五兴说："爹，我想吃素面。"爹却偏买了炒肉，肉端上来，天狗吃着吃着就发痴，筷子不动了，定眼看五兴，五兴也不吃。他就又笑着说："吃呀，多香哩！"自个儿带头大口吃。

从城里回来，天狗什么也没买，只给五兴买了一套课外复习材料，对女人说："钱难挣了，这门生意做不成了。干脆我再给人打井去。"

一说打井，女人就发神经，嘴脸霎时煞白，说："天狗，什么都可做得，这井万万打不得，这家人就是去喝西北风，我也不让你去干这鬼营生！"

天狗听女人的，也不敢多说，抱脑袋蹴下去。女人看着心疼，就又劝道："钱有什么？挣多了多花，挣少了少花，一个不挣，地里有粮食吃，也不至于把咱能穷逼到绝路上去。"

做男人的本是女人的主事人，天狗却要叫女人宽慰，天狗这男人做得窝囊。但办法想尽，没个赚钱的路，免不了在家强作笑脸，背过身就冷不丁显出一种呆相。

女人敏感，没事睡在炕上的那个更敏感，见天狗一天天消瘦下去，也不唱山歌和花鼓了，两人明里说不得，暗里却想着为天狗解愁。

这一天天狗进院听见师傅在上屋炕上唱花鼓，师傅从来没唱过，天狗就乐了进来说："师傅行呀，你啥时学会了这手？"

师傅说："我年轻时扮过社火芯子，学了几句花鼓。"难得师傅心绪好，天狗就说："师傅，你再唱一段吧。"瘫人就唱了：

　　　　树不成材枉占地吼，

　　　　云不下雨枉占天吼，

　　　　单扇面磨磨不成面哟，

　　　　一根筷子吃饭难。

　　瘫子唱毕，女人说："今日都高兴，我也唱一段。五兴，去把院门关了，别让邻居听见了笑话！"

　　五兴飞马去将门关了，听娘用低低的声音唱：

　　　　日头落山浇黄瓜哎，

　　　　墙外有人飘瓦碴，

　　　　打下我公花不要紧哎，

　　　　打了母花少结瓜。

唱完，瘫人又说："天狗，把蝈蝈都拿来，让我看看斗蝈蝈，谁个能斗过谁呢！"

只要师傅高兴，师娘快活，天狗干什么都行，就拿蝈蝈上炕，放在一个土罐里斗。一只红头的，脚粗体壮，气度不凡，先后斗败了所有的对手，一家人正笑着看，屋梁上掉下一物，不偏不倚正好落在蝈蝈罐里。一看，是一只蝎子。

蝎子冷不丁闯入，蝈蝈吃了一惊不再动，蝎子也吃了一惊不再动。五兴急着去拿火筷来夹，天狗说："这倒好看，看谁能斗过谁？"

看过一袋烟时辰，两物还都惧怕，各守一方。天狗要到地里去干活，说："五兴，就让它们留在罐里，晚上吃饭时再来看热闹。"说完就盖了罐子放在一边。晚饭后揭盖一看，一家人就傻了眼，英雄不可一世的红头蝈蝈，只剩下一个大头一条大腿，其他的全不见了，蝎子的肚子鼓鼓的，形容好凶恶。

天狗说："哈，玩蝈蝈倒不如玩蝎子好！五兴，明日咱到苞谷地去，地里有土蝎，捉几只回来，看谁能斗过谁！"第二天果然捉了三只回来。

这蝎子在一块儿，却并不斗，相拥相抱，亲作一团。五兴的兴趣就转了。将竹笼里的蝈蝈每天投一只来喂，没想玩过十天，蝎子不但未死，其中一只母的，竟在背部裂开，爬出六只小蝎。一家人皆很稀奇，看小蝎一袋烟后下了母背，遂不认母，作张牙舞爪状。从此，家人闲时观蝎消遣，也生了许多欢乐。

这期间，井把式突然觉得肚子鼓胀，先并不声明，后一日不济一日，茶饭大减才悄悄说知于女人。女人吓得失魂落魄，只告知天狗。天狗忙跑十三里路去深山背来一位老中医看脉，拿了处方去药房抓药，不想药房药不全，正缺蝎子，天狗说："蝎子好找，我家养的有。"药房人说："能不能卖几只给我们？一元一只，怎么样？"天狗吃了一惊："一只蝎子值这么多？"药房人说："就这还收不下哩。你家要有，有多少我们收多少。"天狗抓了药就往家跑，将此事说给家人，皆觉惊奇。天狗就说："咱不妨养蝎子，养好了这也是一项大手艺哩！"女人说："蝎子是恶物，怎么个养，咱知道吗？"炕上的瘫人说："咱试试吧，这又不摊本，能成就成，不成拉倒，权当是玩的。"于是蝎子就养起来了。

天狗在地里见蝎子就捉，捉了，就用树棍夹回来。女人在堡子门洞的旧墙根割草，也捉回来了几只。拢共十多只了，就装在一个土瓦盆里。五兴见天去捉蝈蝈来喂。几乎想不到，这蝎子繁殖很快，不断有小蝎子生出来。

天狗想，这恶物是怎么繁殖的，什么样是公，什么样为母，什么时候交配，若弄清这个，人为地想些办法，不是就可以繁殖得没完没了吗？

五兴上学去了，他让五兴去县城书店买了关于蝎子的书回来。书是好东西，上边把什么都写了，天狗就认得了公母，成对成双搭配着分装在大盆小罐里。整整三天，一早起来就将盆罐端在太阳下，看蝎子什么时候交配，如何交配。终在第三天中午，两个蝎子突然相对站定，以触器相接良久，为公的就从腹下排出一个精袋在地，然后猛咬住母的头拉过来，将腹部按在精袋上，又是良久，精袋被生殖腔吸收。这么又观察了三天三夜，就总结出蝎子交配要在正午太阳端时，而且温度要不可太热，也不可太凉。他鬼机灵竟买了个温度计，记下是二十度。天狗大喜，于是将蝎盆蝎罐早端出晚端回，热了遮阳，冷了晒日，果然不长时间，数目翻了几番。

天狗捉了二十只大蝎去药房，第一次获得了二十元。他并没有回家，径直去了江对岸的商店，给师傅买了一盒高级香烟，给女人买了一件卡其衫子，给五兴买了一双高腰雨鞋——孩子雨天去上学，就用不着套草鞋了。

女人当即将新衣穿上，问炕上的人："穿着合不合体？"炕上的就说："人俏了许多！"女人就又问天狗："这么艳的，我能穿得出去？"天狗说："这又没花，色素哩。"一家四口，三口就都欢心，师傅说："天狗，你给你买了什么？"天狗说："只要蝎子这么养下去，还愁没我穿的花的吗？"

天狗养蝎上了心，就亲自去书店买书来看。天狗喝的墨水没有五兴多，看不懂就让五兴做老师。饲养方法科学了，养蝎的气派也就更大了。院子里高的瓮，低的盆，方的匣，圆的罐，一切皆是蝎，而公的母的大的小的又分等分类。从此，堡子里的人叫天狗，也不再叫名，直呼"蝎子"！

到年底，这家又成了大手艺户，恢复了往日的荣光。一家人吃起香来，穿起光来，又翻修了厦房。县城里一家要养蝎的人，知道了天狗的大名，跑来叫天狗"师傅"，要请教经验。天狗亲授了一个通宵。临走时徒弟要买蝎种，一次买六百只，一只种蝎一元二角，收入了七百多元。天狗把钱交给女人，女人颤巍巍捏着，将钱分十沓，分在十处保藏。

女人是过日子的，没有钱的时候受了恓惶，有了钱就不显山露水，沉住气合理安排，以防人的旦夕祸灾。

下了一场连阴雨，丹江里发了水，整日整夜地呼呼。堡子南头的崖土垮了一角，压死了一个孩子和一头猪。天狗的老屋是爷们在民国年间盖的，木头朽了许多，女人就担心久雨会出什么意外，让天狗过来睡。天狗说没事，睡在那边，一是房子哪儿漏雨可以随时修补，二是防着不正经的人去偷摸东西。女人不依，于是天狗的家产全搬过来，窖里搬不动的一家四口人的红薯、洋芋都存在那里。

雨停了，天又瓦蓝瓦蓝的。女人将蝎子盆罐抱出来在院子里晒太阳，就出门到地里看庄稼去了。天狗也不在家。太阳一照，泡湿了的土院墙就松了，砰地倒下来，把三个蝎子瓮砸碎了，又砸倒了鸡棚。井把式听见响声，隔窗一看，吓得半死，连声喊人。没人应，眼见得鸡从棚子里出来，到处啄吃逃散的蝎子。他就大声吓鸡。鸡是不听空叫的，把式就把炕上的所有物什都丢出来撵鸡。末了就往出爬，从炕上掉下来，硬用两只手，支撑着牵引着瘫了的身子爬过中堂，到了门口，总算把鸡打飞出院墙，但一只逃散的蝎子却咬了他的肩，把式"哎呀"一声疼得昏在台阶上。

女人在地里察看庄稼，心里突然慌得厉害，返回

084

一推门，失声锐叫，把男人背上炕，就在院子里四处抓蝎。等天狗回来，一切皆收拾清了，女人坐在门槛上哽咽着哭。

没了院墙，夜里女人睡在厦房觉得旷，给天狗说了，天狗回答道："我到窑上把砖货已订下了，等这一窑烧出来，咱买回来就垒墙。"女人就不再说什么，把一口唾沫咽了。

蝎子还要每天中午端出来晒晒，天狗不时用手去拨拨，不让恶物纠缠。天狗的手已经习惯了，不怕蜇，要看蝎子就用手捏，吓得别人嗷嗷叫，他却轻松得很。这回趴在蝎罐看了一会儿，瞥见女人坐在厦房门口纳鞋底，金灿灿的太阳光洒落她一身，样子十分中看，天狗心里毛毛的，想和她说说笑话。

"这做的是谁的鞋，师娘？"

"谁是你师娘！"

天狗笑了一下，忙又去看蝎子，心里怦怦直跳，过了一会儿，天狗又忘了一切，满脑子是蝎子了，说："你快来看呀，这一罐不长时间就要分作两罐啦！"

女人捏着针过来，蹴在蝎罐边，她闻到天狗身上的烟味汗味，说："哪儿就多了，还不是昨天的数吗？"

天狗说："原数是原数，可瞧它们正欢呢。"

有三对蝎子，正在罐内面对而趴，触器相接，做爱的挑逗……

女人悄声说："天狗，蝎子是咋啦？"

天狗说："这是交配呀。"

女人说："虫虫都知道……"

女人是明知故问的，女人说完，便脸色绯红，反身看天上的一朵云。天狗能是能，这次却不经心失了口，自己也就又羞又怕，竟也显出那一种呆相。女人回过头来，用针尖扎了天狗的腿，天狗"哎哟"一声，炕上的把式听到了，忙问道："天狗，你怎么啦？"天狗说："蝎子把我手蜇了。"

第五天，院墙修成了砖院墙。天狗又请来了泥水匠，一定要扳倒原先的土门楼，要造个砖柱飞檐的。把式说："天狗，算了吧。"天狗说："师傅，门楼好坏当然顶不了吃穿，可是个面子上的事。咱把它修得高高的，也是让人瞧瞧咱家的滋润！"做师傅的再没阻拦他，却把女人叫到炕上，说："他娘，咱现在手里有多少钱？"女人说："一千三。""数字还真不少。""亏了天狗撑住了这个家。"两个人下来却没了话。过了一会儿，把式说："他娘，现在日子顺了，你也要把自己收拾清净些。你毕竟比我年轻，人也不难看，可三分相貌七分打扮，衣服穿新了，头梳光了……"男人没说下去，女人便低了眼，无声地去做饭了。

女人果然注意了收拾，浑身添了光彩。中午太阳出来她洗头，让天狗提了壶给她头上浇水，又让天狗打碎一块瓷片儿："我要刮刮额头荒毛。"天狗到底是天狗，不是木头，不是石头，看见女人容光美妙，心里生热，但这个时候，天狗就走了，走到蝎子罐前看蝎子。

一个初六的下午，天狗在地里浇麦地二遍水，女人也去了，两人天擦黑回来，院门掩着，堂屋的门却上了锁。女人以为瘫人是爬出去了，隔窗看时，把式正躺在炕上，手里拿着门上的钥匙瞌睡了。才明白可怜的人一定是叫隔壁人来锁了堂屋门，要让天狗和她回来单独在厦房里吃饭……

女人站在那里，把瘫人足足看了一袋烟的时间。

天狗说："师傅他……"

女人说："他……"

眼里红红地进了厦房做饭。天狗也坐下抱柴生火。两人没有说话，上面是擀面杖的磕撞声，下面是拉动的风箱声。饭做熟了。天狗盛了一碗，寻钥匙开堂屋门给师傅端。女人说："他睡着了，钥匙在他手里，叫不醒他的，咱们吃吧。"一个坐在灶火口吃，一个立在锅项后吃。饭毕，天狗说："你歇着吧，我刷洗。"女人说："这不是男人干的活。"天狗就站在旁边看她洗。院墙的外边，有猫叫春，叫了好一会儿，天狗这时是木了，麻了，不知下来该怎么办，为难得要死。女人擦了碗，又去擦盆子，擦缸子，不该擦的都擦了，还是要擦，把手占住，把眼占住，但心占不住，说："你累了？"天狗说："累，也不累。"却加一句，"歇下吧。"就要出门，女人把他叫住了。

女人说："天狗，我有话要给你说呢。"

天狗一脚在门槛里，一脚在门槛外，说："什么事？"

女人拉过一条凳子让天狗坐了，一边替天狗拍打肩上的土，一边要说话，却也好为难："天狗，他近日又添病了哩。"

天狗说："师傅吗？怎么不早对我说，我就发觉他饭吃得少了。"

女人说："你哥他……"她第一次对天狗称瘫人是"你哥"，不是"师傅"，自己倒再也启不开口了。

天狗说："明日我去请医生。"

女人就抬起头来，泪眼婆娑："天狗，你是真的什么都不懂，还是和我打马虎眼？"

天狗有什么不懂的，自进这家门，他就时时预备着女人要说出这样的话来，天狗本性是胆小的。

女人说："天狗，是不是我人不人，鬼不鬼的……"
说着就趴在了床沿上，拿了牙咬嘴唇。

天狗知道糊涂是装不得了，就过去扶起了女人。女
人软得像一摊泥，天狗扶她不起，自己也跪下了，说：
"我，我……"又急又怕又窘，支吾不清。女人抬起了
头，一双抖抖的手，托住了天狗的脸。

"师娘！"

"谁是你师娘？法院让你叫我师娘？街坊四邻让你
叫我师娘？"

"……姐！"

天狗叫出了一个深埋在心底里的"姐"，女人突然
软在了天狗的怀里。

外边的夜黑严了，黑透了，不是月食的夜，天空却
完全成了一个天狗，连月亮、星星、萤火虫都给吞掉了。
屋里灯很亮，灶火口的火炭很红。夜色给了这两个人黑色
眼睛，两个人都看着亮的灯和红的炭，大声喘气。天狗抱
着女人，女人在昏迷状态里战栗。天狗的脑子里的记忆是

非凡的，想起了堡子门洞上那一夜的歌声，想起了当年出门打井时女人的叮嘱。过去的天狗拥抱的是幻想，是梦，现在是实实在在的女人，肉乎乎软绵绵的小兽，活的菩萨，在天狗的怀里。天狗怎么处理这女人？曾经是女人面前的孩子的天狗，现在要承担丈夫的责任了吗？天狗昏迷，天狗清白，天狗是一头善心善肠的羊，天狗是一条残酷的狼，他竟在女人头发上亲了一口，把战栗的菩萨轻轻放在了凳子上。

女人在黑暗里睁大了一双秀眼。

"天狗，你还要到老屋去吗？"

"我还是去的好。"

"我知道你的心，天狗，可我对你说，我和他都了解你，你却不了解我，也不了解他。我是老了，我比你大三岁……"

"姐，你不要说，你不要说！"

"你让我把话说完。天狗，这一半年里，咱家是好过了，怎么好的，我也用不着说出来。你既然不这样，我也觉得是委屈了你，我将卖蝎的钱全都攒着，已经攒了一千三了，我要好好托人给你再找一个，让你重新结婚，就是花多花少，把这一院子房卖了，我也要给你找一个小的。兄弟，五兴他爹，我和你哥欠你的债，三生三世也还不完啊！我不知道我怎么才能报答你，看着你夜夜往老屋去，我在厦房里流泪，你哥在堂屋里流泪……他爹，你怎么都可以，可你听我一句话，你今夜就不要过去，我是丑人，是比你大，你让我尽一夜我做老婆的身份吧。"

"姐，姐！"

天狗痛哭失声，突然扑倒在了尘土地上，给女人磕了三个响头，即疯了一般从门里跑出去了。

第三天里，打井的把式死在了炕上。

把式是自杀的。天狗和女人夜里的事情，他在堂屋的炕上一一听得明白，他就哭了，产生了这种念头。但把式对死是冷静的，他三天里脸上总是笑着，还说趣话，还唱了丑丑花鼓。但就在天狗和女人出去卖蝎走后，他喊了隔壁的孩子来，说是他要看蝎子，让将一口大蝎瓮移在窗外台上，又说怕瓮掉下，让取了一条麻绳将瓮拴好，绳头他拉在手里。孩子一走，他就把绳从窗棂上掏进来，绳头绾了圈子，套在了自己脖上，然后背过身用手推掉大瓮，绳子就拉紧了。

天狗回来，师傅好像是靠在窗子前要站起来的样子，便叫着"师傅，师傅！"没有回音，再一看，师傅的舌头从口里溜出来，身上也已凉了。

把式死了，把式死得可怜，也死得明白。四口之家，井把式为天狗腾了路，把手艺交给了天狗，把家交给了天狗，把什么都交给了天狗。他死得费劲，临死前说了什么话，谁也不可得知。天狗扑在师傅的身上，哭死了七次，七次被人用凉水泼醒。后悔的是天狗，天狗想做一个对得起师傅的徒弟，可是现在，徒弟对于师傅除了永久的忏悔，别的什么也说不出了。

堡子里的人都大受感动。

埋葬把式的那天，天狗虽不迷信，却高价请了阴阳师来看地穴，天狗就打了一口墓，墓很深，深得如一口井。他钻在里边挥镢挖土，就想起师傅当年的英武，就想起那打井前阴阳师念的"敕水咒"。

堡子里的人都来送葬。这个给堡子打出井水的手艺人，给家家带来了生存不可缺少的恩泽。他应该埋到井一样深的地方，变成地下的清流，浸渗在每一家的井里。

棺木要下墓了，女人突然放声号啕，跳进了墓坑，乞求着埋工说："让我给他暖暖墓坑，让我给他暖暖啊！"

天狗也跳进去，解开了怀，将胸膛贴在冷土上。

日光荏苒，转眼到了把式的"百日"。这天，堡子里来了许多悼念的人，这一家人又哭了一场，招呼街坊四邻亲戚朋友吃罢饭，天狗就支持不住，先在师傅睡过的炕上去睡了。他做一个梦，梦见了师傅，师傅说："天狗，这个家就全靠你了！家要过好，就好生养蝎，养蝎是咱家的手艺啊！"天狗说："我记住的，师傅！"就过去扶师傅，师傅却不见了，面前是一只大得出奇的蝎子，天狗醒来，出了一身汗，梦却记得清清楚楚。翻身坐起，女人正点着灯，在当屋察看着蝎子盆罐。地上还有一批小瓦罐，上边都贴了字条，写着字。

天狗说："五兴呢？"

女人说："刚才把这些字条写好，看了一会儿书，到厦屋睡了。"

"蝎种全分好了？"

"好了，每家五只，除过五十家匠人顾不得养外，拢共是七百五十只，你看行吗？"

堡子里的人都热羡着这家养蝎，但却碍于这是这家的手艺，便不好意思再来学养。天狗和女人商量了，就各家送些蝎种，希望全堡的人家都成养蝎户，使这美丽而不富裕的地方也两者统一起来。

天狗听女人说后，就轻轻笑笑，说："明早咱就送去。中午去药房再卖上几斤，五兴再过十天就要高考了，要给他买一身新衣哩。"

女人说："五兴考得上吗？"

天狗说："问题不大吧。"

女人揭开那个大瓮，突然说："天狗，你快来看看，这个蝎子好大！我还没见过这么大的，怎么长得这么大呀！"

天狗走过去，果然看见蝎子很大，一时又想起了师傅，心里怦怦作跳，就坐回炕上大口喘气。

面对当下社会的文学 *

* 本文系贾平凹在咸阳的报告。

我们生活在一个剧变的年代，价值观混乱，秩序在离析，规矩在败坏，一切都在洗牌，重新出发，各自有各自的中国梦。禁锢和权威在消融，可以自我做主，可以说什么话了，但往往水在往东流总会有一种声音说水往西流。总会有人在大家午休的时候大声喧哗。破坏与建设、贫穷与富有、庄严和戏谑、温柔与残忍、同情与仇恨等同居着，混淆着，复杂着。中国人的禀格里有许多奴性和闹性，这都是长期的被专制、贫穷的结果，人性的善与恶充分显示。有一年，我去合阳，看到了流经那里的黄河，我写下了八个字：厚云积岸，大水走泥。我们身处的社会就是大水走泥。

这样的年代，混沌而伟大。它为文学提供了丰富的素材和想象的空间。

从文学的队伍来看，有右派作家、知青作家、寻根作家、先锋作家和网络作家。从文坛格局来看，五世作家的前四世是一个生存模式，作家们靠杂志、评论家、作品研讨会而成名获利。而今天很新的一代作家，完全断裂了前辈的模式，他们靠网络、媒体、出版商、与读者见面而成名获利。从作品分布来看，纸质书不论散文还是中短篇小说，每年约有一千五百部出版，网络上的作品更是无法统计。从读者群来看，前几代作家里发行最好的作家，一般发行量在二三十万册，而新一代作家印上百万册也不是极少数。我认为，不必追究哪个作家的作品是否长存而成为经典，首先应面对的是变化了的文学观念。不容置疑的是，文学审美发生了前所未有的变化。

那么，一个问题提出，在消费化娱乐化的年代里文学是否还会有它的神圣？在人性善与丑充分展示的当下社会中文学该有怎样的立场？这就是我今天要讲的。做人在任何时候都应该有做人的基本，文学也同样在任何时候都有文学的基本，这如同现在物质丰富，有各种培育的菜，有多种调料，有各种食品，但人类生存的主要食物仍是米和面。布料可以做多种服饰，乃至装饰，但衣服的基本功能还是取暖。孙悟空虽然大闹天宫，而最后他依然是去西天取经。破坏的目的在于建设。

在中国古典文学传统里，有天下之说，有铁肩担道义之说，有"与天为徒"之说，崇尚的是关心社会，忧患现实。在西方现代文学的传统中，强调现代意识，现代意识也就是人类意识，以人为本，考虑的是解决人所面临的困境。所以，关注社会，关怀人生，关心精神，是文学最基本的东西，也是文学的大道。

文学是虚无的，但世界是虚与实组成的，一个民族没有哲学、文学、艺术是悲哀而可怕的。加缪说过："文学不能使我们活得更好，但文学使我们活得更多。"

有一句话，说"艺术生于约束，死于自由"。足球踢得好，必须是在一个方框里，而且不能用手，不能越位，不能拉、抱、蹬腿等，在一系列规则中踢得好才算踢得好。

你可以有不同的文学观念，可以有多种写法，大道的东西不能丢。丢掉大道的东西，不可能写出杰出之作。中国文学可能在精神层面上的叩问比不上西方文学，这与中国人生存状态及生存经验有关，与中国的文化有关。但中国文学最动人的是有人情之美，在当下，人性充分显示的年代，去叙写人与人的温暖，去叙写人心柔软的部分，也应是我们文学的基本。

我在前年末和去年初，读了二三十本中国当代长篇小说。这些长篇是在几千部长篇中筛选出的，作者都是当代第一线作家。这些作品大致分两类。（同一时期作家们思考什么、与什么有共同之处，这如半坡的尖锥瓶和西方的尖锥瓶几乎同一时期出现一样。）一类是批判现实主义的作品，一类是现代的先锋的元素较多的作品。我读后很有一些感慨。我不是评论家，我阅读同行作品的标准是：第一，这部作品给我提供了什么样的感悟？这些感悟是否新鲜和强烈，是否为之一振或过目不忘？第二，这部作品有没有一种有生命力的东西在里边？也就是说有没有一种生活的实感？还是以理念进入写作，以技术性的外在东西遮掩着虚假矫情的编造？第一类作品有写得非常好的，有生活实味，厚重，扎实。但存在的不足，常常是以文学去演绎历史，有影射、暗喻，对应历史事件。在这里，我谈我的认识，我觉得文学不是对应历史事件的，历史应还原文学。文学是在一个时代一个社会的大背景下虚构起的独立的世界。《红楼梦》之所以伟大，是它虚构了一个大观园，它没有去影射和暗喻什么，它只是把大观园里的人与物写圆满。圆满是最重要的。写作不是要你去图解、影射什么，写作时也不是要你去露骨地表述你的观念，而那些诗性的、神性的、精神的、终极关怀的字眼是你的文学观念而不是要你用文学直接写出来。你的作品应是你具备了这些观念而去尽量圆满地写你虚构出来的那个世界，这如一个人身体健康了就精气神足，他才可以去担当许多事情。一个病人，还指望担当什么呢？所以，把虚构的那个世界，比如曹雪芹的大观园，或者一座什么楼，把大观园和楼盖好、盖得豪华就行了。《红楼梦》没有对应影射什么，《红楼梦》里却什么都有，它反映和批判了当时社会，它的悲剧不是如我们所写的坏人造成的悲剧（谁把谁杀了），不是盲目命运造成的悲剧（社会压迫了你），而是王国维说的"通常之道德、通常之人情、通常之境遇"所造成的悲剧，从而使《红楼梦》具备了大格局大情怀。另一类作品，采用的现代主义元素很多，这类作品中有写得很好的，让人耳目一新，具有批判的尖锐锋芒，但也存在不足。有些作品完全以理念进入写作，它采用了团块式的西方结构，某些场景渲染到位，虽有才华却总觉得生活实感的东西太少，因为在编造，一写到实处就漏了气，没有写实的功夫，只能用夸张、变形、虚张声势来叙述。如摇滚乐，现场的狂乱和感官的刺激很带劲，但离开现场，就没有了古典音乐给人的长久回味。这里我要说的是，任何现代主义都产生于古典主义，必须具备扎实的写实功力，然后进行现代主义叙写，才可能写到位。实与虚的关系，是表面上越写得实而整体上越能表现出来虚，如人要跳得高必须用力在地上蹬，如果没有实的东西，你的任何有意义的观念都无法表现出来，只能是高空飘浮，虚假编造。

这里又存在这样一个问题，即，没有想法的写实，那是笨，作品难以升腾，而要含量大，要写出精神层面的东西，你要写实。要明白，中国古典文学传统的那一套写法，如线性结构，如散点透视，西方现代文学的色块结构，叙述人层层进入结构，都是在文化的生存状态的背景下产生的。要中西结合，必须了解背景，根据个人条件去分析哪些可以借鉴，哪些可以改造和如何改造。这样才能写出属于自己的作品，而这样的作品不同于中国传统，也不属于西方现代主义。每个作家都有自己的师傅，但不能死学师傅。举个例子，有人学西方语言，要么三四个字一个句号，连续这样的短句，要么一句话几百字几千字一个句号。外国人和中国人说话方式不同，节奏不同，作品中的人物与环境不同，才有那样的句式。如皮毛模仿，就是那个东施了。语言绝对与人身体有关，它以呼吸而调节奏，一个哮喘病人不可能说长句，而结巴人也只能说短句。

现在我再谈四个问题。

一、我们当代作家，普遍都存在困惑，我们常常不知所措地写作。文坛目前存在着大量写作，是经验的惯性写作，我们的经验需要扩展，小感情、小圈子生活可能会遮蔽更多的生活。这个时代的写作应是丰富而非单薄的。

二、这个时代的精神丰富甚或混沌，我们的目光要健全，要有自己的信念，坚信有爱，有温暖，有光明，而不要笔走偏锋，只写黑暗的、丑恶的。要写出冷漠中的温暖，恶狠中的柔软，毁灭中的希望，身处污泥盼有莲花，沦为地狱向往天堂。人不单在物质中活着，活着需要一种精神。神永远在天空中星云中江河中大地中，照耀着我们，人类才生生不息。中国人生活得可能不自在，西方人生活得也可能不自在，人类的生存任何时候都存在着物质和精神的困境，而重要的是在困境中突破。

三、现在有一种文风在腐蚀着我们的母语文学，那就是不说正经话，调侃、幽默、插科打诨。如果都是这样，这个民族成不了大民族，这样的文学就行之不远。

四、我们需要学会写伦理，写出人情之美。需要关注国家、民族、人生、命运。这方面我们还写不好，写不丰满。但是，我们更要努力写出，或许一时完不成而要心向往的，是写作超越国家、民族、人生、命运，眼光放大到宇宙，追问人性的、精神的东西。

　　我再次强调，我不是评论家，看问题可能不全局，仅从一个作家面临的问题而作局部思考，说出来仅供参考，并求指正。

关于小说创作的答问 *

＊ 本文原载《当代作家评论》1993年第1期。

韩鲁华　你小说中的艺术形象很特殊，除一般说的人物形象外，你作品的山、石、水、月、动物、和尚等等，构成了另一形象形态。请你从整体上谈一谈你创作时的构想。最好从理论上阐述。

贾平凹　我对理论不懂，知道的不多，只是偶然听一点，读一点。我觉得你从人物形象和其他艺术形象角度提问题，比单一说人物形象好。在我的创作中，我平常是这样想的，小说发展到今天，变化很大。十九世纪前的小说主要是塑造人物形象，后来越发展越杂琐了。现在都在说符号学，对符号学我有我的看法。譬如说《诗品》，特别是《易经》，就是真正的符号学。《易经》谈到每一卦都有一个象，整个有一个总象。对于文章，严格地说，人和物进入作品都是符号化的。通过象阐述一种非人物的东西，主要起这种作用。当然，这种作用各人追求不同。对于我来讲，不是所有的作品都是这样。开始时，我并不是这样，只是近年来才自觉起来。或者说，我开始的追求还不自觉。有一个气功师对我说过，为啥算卦时能预测别的遥远的事情，这和打仗一样。譬如咱们坐在这房子里，书桌在这儿，茶几在那儿，你坐这，我坐这，等等吧。这一切是具体的物象，但具体的物象是毫无意义的，现实生活中琐琐碎碎的事情都是毫无意义的。这时，突然有一个强盗闯进来，抢东西了，枪一响，就像算卦一样，开始算卦了。按气功师说，场就产生了。这里所有的东西都成了有意义的。桌子或许成了制高点，茶几成了掩体，等等。这样一切都成了符号。只有经过符号化才能象征，才能变成象。《易经》里讲象，譬如说，"仰观象于玄表"，抬头看时要取这个象，从哪儿取？从天上的日月星辰，象在天上。"俯察式于群形"，群形就是杂七杂八的琐碎事情。从这些杂七杂八的东西中得到你的形式。但象就等于哲学的东西，高一层的东西，就要向高处，向天上看。譬如太阳象征个啥，月亮象征个啥，一切都是从象上取。所以，就人吧，物吧，我写的时候尽量写日常琐碎，但我有意识把这些东西往象征的方面努力。

韩鲁华　我们在读你的小说时，感觉到你在叙述中把现在理论上谈的各种视角都使用了，整体上造成一种多视角的审美效果。这方面，请你谈一下自己的想法。

贾平凹　关于视角，我着重谈一点。严格地说，我是一九八五年以后，这方面才慢慢自觉起来的。做得还不是很好。我看一些评论文章，说我转换角度呀，或者说有陌生感、间离感，等等。我现在不谈具体的叙述视角，大而化之来谈这个问题。从大的方面组建一篇文章，也是集中在一点上，就是我刚才说的取象问题。我最近写一些东西，《浮躁》里也牵扯到一些，里面不停地出现佛、道、鬼、仙等这些杂七杂八的东西。我是想从各个角度来看一个东西。譬如写杯子，我就从不同角度来审视。最近写的长篇，我就从佛的角度、从道的角度、从兽的角度、从神鬼的角度等等来看现实生活。从一般人的各个层面来看现实生活，这是必然的，不在话下。一句话，从各个角度来审视同一对象。为啥会这样？我为啥后来的作品爱写这些神神秘秘的东西，叫作品产生一种神秘感？这有时还不是故意的，那是无形中就扯到这上面来的。我之所以有佛道鬼神兽树木等，说象征也是象征，也是各个角度。不要光局限于人的视角，要从各个角度看问题。当然，这里面有我的原因，有生活环境的原因。因为我从小生活在山区，山区一般装神弄鬼这一类事情多，不可知的东西多。这些我从小时起，印象就特别深。再就是有一个情趣问题，有性格、情趣在里面。另一个也与后天学习有关。我刚才说的符号学、《易经》等等的学习。外国的爱阐述哲理、宗教等，咱不想把它死搬过来，尽量把它化为中国式的。把中国的和外国的融化在一块，咱的东西就用上了，譬如佛呀道呀的。现在不是讲透视么，透视拍片子，就要从不同角度拍，才能诊断准确，才能把病认清、认准。我想弄文章也是这样，尽量多选几个角度叙述，不要叫文章死板，要活泛一点，读者读时才有味。一种角度，一个调子，死板得很，人都没个喘口气的机会。正这样说哩，又换个角度，让人换个口味，哎，人们从中得到另一种情趣，另一种享受。是不是美的享受，我就不敢说了，反正我是朝这方面努力的。内涵么，也相应地多一些。不要太单，单了不好，人一眼就看透了，没啥意思。叫人大口吃一阵，也慢慢嚼几口，精神放松一下。老处于紧张状态，那把脑子里的弦都绷断了。

韩鲁华　叙述视角和结构紧密相连。有人把你的小说结构从总体上归结为线性结构、网络结构、块状结构、解构结构等等，你是怎样看待这个问题的？

贾平凹　我觉得线性结构和网络结构看你咋个弄法，看是单线还是复线，恐怕网络也属于线上的问题。块状结构，我后来不叫块状，叫团块结构。在我的想象中，中国的小说一般都是线性结构，外国一般更多的是块状结构。我给一个二胡演奏家写过一篇文章。他的二胡曲子有些是自己写的。他的曲子是块状的，用线条把这个块状串联起来。对块状和线条结合起来这种东西，我特别感兴趣。因为块状有一种冲击力，线状有一种轻柔的东西。但它又不是冰糖葫芦式，冰糖葫芦还太小了。块状结构就像冰山倒那种情景，一块子过来了，就像泥石流一样，你能想象得来那种气势。线主要是白描，中国小说一般都是白描性的。

再就是解构结构。这主要是《妊娠》那一组。我把当时写作情况说一下，你看能用不能用。《妊娠》就是用这一种办法。为啥能产生这种想法？这里有一件事。我看过四川一个画像石，我对这个画像石感兴趣。严格讲，中国的画像石是平面结构，叫三维空间，把一切都摆平，拓展开来，就像地图一样。这个方法特殊。我当时还临摹过，当然不是按人家的临摹，而是把人家的结构重画一下，进行分析。它画个大院子，有四个院墙，有个大门，院子里分成了几块子。它看的角度，不像油画，或者一般绘画角度，不是焦点透视。它那是，画这一堵墙是站在这边看，画那一堵墙的时候，又是从那边看，到这边又是从高处往下看，那些院子里的鸡、羊、楼房的结构。它是从前后左右上下，各个角度看的，我从中受到启发。写《妊娠》的时候，就想从各个角度来透视。

到了《五魁》这一组时，主要是从心理上心态上写，是一种心理结构。这和以前不一样。以前很少有心理描写，这一回心理描写，成几段几段往下弄，分着层次往下写。把人的心理抛出来写，这在以前没有过。这种现象，也可以说是一种感觉。我这样弄想冲淡传奇。这一组作品由于题材所限，弄不好就成了传奇，太传奇了就容易坠入一种庸俗化。我不想陷入通俗小说里面去。所以，后来一个刊物选我的作品，把心理描写都给我删了，光剩故事，味道全变了。

回顾我整个的写作，严格地讲，开始的作品单得很，单，浅。那都是围绕个啥事情，脑子里产生一个啥东西，围绕那一个东西展开。用你们的话说，就是围绕一个焦点来结构文章。后来就不那样弄了。我最近正写的一个长篇，写到后来提纲全部推翻了。写开以后，就不按原来的提纲来了。明天写啥，今天还不知道。主要写日常生活，日常生活没有一个啥具体的东西规定。有人说过，好作品用两句话就能说清。后来也有人说过，好作品咋说都说不清。我后来写东西，尽量使故事情节两句话就能说清，但内涵上，到底要说啥，最好啥也说不清。有时作家也说不清，是模糊的。意象在那儿指着，但具体也给你说不出来。

韩鲁华　你小说的语言独具风格，有一种别致韵味。有人说它是古典意境与现代情致有机结合，文化意蕴与哲学内涵相统一，人生意义与生命流动相融合；在表现上是文白相间，长短错落，雅俗共存；等等吧。你创作时，对语言是咋认识的？

贾平凹　这还谈得好。现在我谈一下我对语言的看法。这方面我有一套看法，不一定准确，但我确实是这样过来的。我理解语言就是内心的自然流露，啥人说啥话。现在有好多人模仿海明威，但没有模仿成功的。中国作家也都学川端康成，但弄不出川端康成那种味。我觉得语言是一个情操问题，也是一个生命问题。啥是好语言？我自己理解，能够准确传达此时此刻或者此人此物那一阵的情绪，就是好语言。好语言倒不在于你描写得多么华丽，用词多么丰富，比喻多么恰切，啥都不是，只是准确表达特殊环境的真实情绪。所以，正因为遵循这一原则，我反对把语言弄得花里胡哨。写诗也是这样，一切讲究整体结构，整体感觉，不要追求哪一句写得有诗意。越是语言表面上有诗意，越是整个诗没诗意，你越说得白，说得通俗，说得人人都知道，很自然，很质朴，而你传达的那一种意思，那一种意念越模糊。语言的长短、轻重、软硬这些东西，完全取决于气，要描述人或物时的情绪的高低、急缓。情绪能左右住你的语言，该高就高，该低就低。但怎样传达？我谈一点自己的看法。一方面，你写东西时，在于搭配虚词、助词，还有标点符号。中国的那些字，就靠虚词、助词在那儿搭配，它能调节情绪、表达情绪。这也就有了节奏。再一个就是语言要有一种质感。状词、副词、形容词用得特别多，不一定是好语言。比喻再漂亮，你总觉得飘得很，它的质感不够。语言的质感这东西你还说不出来，但你能感觉出来，好像手摸到汉白玉上和摸到木扶手上，感觉就不一样。我的理解，要把质感提起来，应用好动词。有时你用一大串串子话作比喻，不如一个动词解决问题，动词有时空感，容量大。一个动词，把整个意思都提起来了。

韩鲁华　有人把你称作当代的文体家，说你把当代小说中出现的文体，都试验过了。请你谈谈这方面的看法。

贾平凹　关于文体，我觉得有这么一个问题。我一直认为，不说外国的，只说中国历史上，现代、当代的小说家，或叫文学家，基本上可以分成两类。一类作家是政治倾向性强烈的，一类是艺术性强烈的。政治性强烈的作家，把作品当号角，当战斗性的东西。具体表现出来是一种宣泄。再一个讲究深度、广度和力度。不管作品最后达到达不到，都追求这些，而且都是教育性的。另一类是艺术倾向性强烈的作家。这一类作家都能成为文体家。这是文体上的一个根本问题。我们要把这个根本问题抓住。为啥呢？我觉得这一类作家都是抒情主义的。当然，他们不一定写诗，但他们都是抒情诗人。从三十年代到现在，都是这样。这些作家都善于用闲笔闲情，都是将一切东西变成生命审美的东西。而且，他们的作品都是自我享受的。只有这一类作家才能成为文体家。剩下的都成不了文体家，从来没有听谁说蒋光赤或者当代一些政治倾向强烈的作家是文体家。我记得汪曾祺说过，他就是一个抒情主义者。他们爱用闲笔闲情，我觉得闲笔闲情最容易产生风格。风格鲜明的都可以是文体家。

韩鲁华　明显感到，你小说中的审美意识，是一种复合建构，是多种审美意识的整体融合。有人从审美意识的内涵上，归结为现实参与意识、文化意识、生命意识、女性意识、忧患意识等等，从审美范畴上总结为优美意识、悲剧意识、喜剧意识和幽默意识等。

贾平凹　人家这样讲，内容很丰富，把我说得太好了。我这里想谈一点平民意识。在写作过程中，我逐步意识到的。别人也这么说过，这种平民意识中国一般作家都有。但有些人的平民意识没有根，他们写农民把农民当闹剧写。特别是有的人写农民，是以落难公子的心态写乡下生活的。咱祖祖辈辈是农民，不存在落难不落难，在血脉上是相通的。咋样弄，都去不掉平民意识。这似乎是天生的，自觉不自觉地就流露出来了。其实谈这意识那意识，还有一个矛盾问题。一谈到作家内心矛盾性，都是在说托尔斯泰那样的大作家。其实每个作家都有自己的内心矛盾性。比方说我，内心就充满了矛盾。说到根子上，咱还有小农经济思想，从根子上咱还是农民。虽然我到了城市，竭力想摆脱农民意识，但打下的烙印，怎么也抹不去。好像农裔作家都是这样。有形无形中对城市有一种仇恨心理，有一种潜在的反感，虽然从理智上知道城市代表着文明。这种情绪，尤其对一个从山区来的我，是无法回避的。另一面又有自卑心理，总觉得咱走不到人前去。再譬如说对个体户，咱也看得来，城市个体户做生意代表一种新力量，但从感情上总难接受。表现在作品中，就有这种矛盾心理，既要从理智上肯定，又在感情上难以顺利通过。对于传统的女性，从感情上觉得好，从理性上分析，又觉得她们活得窝囊，没意思得很。人物都体现了这种东西。传统和现代的，道德的和价值观的，等等，这些矛盾一直在我身上存在。但你写作时，还得清醒。你观念上还得改变，跟上历史发展，要改变这种东西。感情是感情，观念是观念，虽然你有矛盾，但在写时一定要处理好，要清醒这个东西。还不能以一个彻头彻尾的农民来写农民。那样，你就跳不出这个圈子。这一方面，其他我就不说啥，只谈一点我的毛病。

韩鲁华　你的小说创作，形成了独特的风格。从总体上看，你受魏晋文化影响大，具有魏晋文人的气度、大境界。这是把握你小说美学风格的一个基本点。对此，你是如何看的？

贾平凹　我当然达不到人家那种地步，不过，只是总想咋样自在咋样弄。譬如为啥出现文白相间这种行文，我觉得这样自在。我早期的作品，雕琢的东西还是多。随着年龄的增长，对它的感觉不一样了。啥都要朴素着来，尽量不画那种雕琢的东西。其他我不想多说了。再补充一点，有人说我是婉约派，我不是，也不是豪放，只是一种旷达。我能进入现实后，又从中钻出来，没有被具体的琐事缠住。

韩鲁华　有人说你是一身兼三职的作家，既写小说，又写散文，还写诗。它们相互间有渗透，你创作上是咋处理这三者关系的？

贾平凹　我觉得这不仅仅是一个渗透的问题，还是一个刺激问题。一会儿写这，一会儿写那，是一个刺激。这样写有一个好处，就是相互能补充，能调节，能休息过来。那边用不上的，这边能用上，这边用不上的，那边能用上。其实写时没啥更多的界线，都是一回事情。不是有的人想的那样，小说写累了写散文。

韩鲁华　在中国当代文坛上，你一直是个热点人物，你能谈谈这方面的感受吗？最好结合当代文坛谈。

贾平凹　从发展的角度看，作为我来说，有时看人家谁的东西都好得很，一读都吃惊，人家是咋弄的，咱就弄不来。我看同辈作家的作品少得很，那么多，没时间读。有时看了，不以为然，譬如有的作品当时在国内叫响得很，后来看并不咋样。不知文坛是咋弄的。有些作品咱看不出咋好，但红得很，有些确实好得很。这种感觉是一阵一阵的。我对外头的作家，不管谁都有一种敬畏感。觉得人家厉害，这种感觉常有。有时哀叹咱住在西安，和外面接触少。我在作家中是最不接触人的，不入任何圈子。我还是谈我自己。文坛上的事情怪得很，这次在书市报告中就说，也是真实话。我常在家想，自己是不是弄错了？我回想我到底都写了些啥东西，还落下些虚名。要么就是文学太容易了。我经常有这种想法。后来我得出一个结论，文学上容易造成一种声势。其实好多人并没有读你的作品，譬如我吧，你说写得好，他连看都没有看，也说写得好，三传两传，就传出个名作家。我恐怕就是这样产生的。再一个就是我从搞创作到现在，一直是个热点人物。这不是我说的，你刚也说。不知咋弄的。出名说容易也容易，说难也难。这和画家一样。出不来，连笔纸都买不到手，没人理你。出来了，呼呼隆隆都来了，弄得你连口气都喘不成。你不给人家弄个东西，人家不走，还说你架子大。其实你平常得很。我就想静下来写点东西，别的啥都不想。现在人一茬一茬向上冒，你不向前赶就不行，要不停地向前赶。

韩鲁华　你的小说受中国古典文学、现代文学影响也是明显的，譬如现代的鲁迅、废名、沈从文、孙犁，古代的庄子等。

贾平凹　最早主要学鲁迅。学习鲁迅主要学他对社会的批判精神。对社会的透视力，这一方面鲁迅对我影响大。我学习废名，主要是学习他的个性。他是有个性的作家。我写作上个性受废名的影响大。但他气太小。我看废名是和沈从文放在一块儿看的。沈从文之所以影响我，我觉得一是湘西和商州差不多，二是沈从文气大，他是天才作家。孙犁我学得早，开始语言主要是学孙犁。我更喜欢他后期的作品，这些作品对我影响大。古代作家有屈原、庄子、苏东坡等。屈原主要是学他的神秘感，他的诗写得天上地下，神神秘秘。庄子是他的哲学高度，学他的那种高境界，站得高，看问题高，心境开阔。苏东坡主要学习他的自在，他有一种自在的感觉。还有《红楼梦》《聊斋志异》，我的女性人物，主要是学这两本书。我之所以这样，主要是我与它们有一种感应，那里面的东西，我完全能理解，两位作家对女性的感觉，我能感应到，从心里产生共鸣。

韩鲁华　你作品中古典哲学、美学意蕴非常丰厚，从中可以看出，你古典文化修养功力较深。

贾平凹　有人说我古典基础好，其实我古典读得不多，功底还很差。我是工农兵大学出身，古典能学个啥？后来读了几本书，也浅得很。我学古典主要是按我的理解，我理解的不一定能和人家的意思对上号。但我从这点能想到另一个地方，我就把它弄下来。这是不是化了，我也不敢说。读书与年龄也有关系。譬如"夸父逐日""杞人忧天"，那种真正的悲剧意识、忧患意识、人生的悲凉，这些前几年体会不来，只有现在才体会到。

韩鲁华　从你的作品实际看，你的文学创作有着明显的超前意识。

贾平凹　这个我不好说，最好由评论家去评论去。不过，我的《病人》学的是立体派和印象派，但当时把它批评得一塌糊涂。

韩鲁华　你笔下的女性形象一个个都是活脱脱的，而且发展变化是明显的，请你谈一下这方面的情况。

贾平凹　前面谈其他问题，已有涉及。以前的就不说了，人们说得很多了。我在塑造人物时，有一个矛盾心理，就是怎么个创造，怎么个毁灭的问题。我最近写的一个东西，主要阐述这个问题。譬如女性，写到女性，对每一个女性，大部分都是这样。每个女性一旦遇着一个人，产生一种崭新的形象，创造出一个完整的新人，但正是这样，这女性也就在他手里毁灭了。我是想从另一个角度把女性创造出来，创造新的形象。《五魁》等作品也是这样，在一种生活环境中，突然来了一个人，她产生了一种新的生活欲望，一种心情。但最后这种东西又完全把这个女性毁灭了。

韩鲁华　你的小说创作，既不是现代派，也不是现实主义，也不是浪漫主义。有人想，干脆提一个意象主义，对此，你觉得如何？

贾平凹　评论家有自己评说的自由。不过，就我的感觉，这观点我同意。我有时坐在屋里想张艺谋的成功。张艺谋的成功，能给小说家提供好多值得思考的东西。他的东西跨出了国土。这对中国文学怎样被外部接受，有参考价值。张艺谋的东西，细部有不少漏洞，经不起推敲。艺术恰好就在这里。艺术就是虚构的东西。我就是要在现实的基础上建立自己的一个符号系统，一个意象世界。不要死抠那个细节真实不真实，能给你一种启示、一种审美愉悦就对啦。你考证说你用的啥东西，现实中没有，你用的派克笔，必须写个派克笔，死搬硬套。这起码不符合我的创作实际。尽量在创作时创造现实，在那儿另创造一个虚构的现实。严格地讲，我小说中写到的好多民俗，有一半都是我创造的。反正你把那个味儿传达出来就行了，管他用啥办法传。

韩鲁华　在你的小说中，把许多丑的东西写美了，有一种幽默感。

贾平凹　我后来的作品，有意识地追求幽默。我强调冷幽默，要蔫，不露声色，表面上憨一点。譬如文章的题目，都能看出我的心态。我爱起那一种憨憨的题目，越实在越好。这些都与人的生存环境、个人性格有关系。说到丑，丑也是美的一种形式嘛。

贾平凹小传

姓贾，名平凹，无字无号；娘呼"平娃"，理想于顺通；我写"平凹"，正视于崎岖。一字之改，音同形异，两代人心境可见也。

生于一九五三年二月二十一日。孕胎期娘并未梦星月入怀，生产时亦没有祥云罩屋。幼年外祖母从不讲甚神话，少年更不得家庭艺术熏陶。祖宗三代平民百姓，我辈哪能显发达贵？

原籍陕西丹凤，实为深谷野洼；五谷都长而不丰，山高水长却清秀，离家十年，季季归里；因无"衣锦还乡"之欲，便没"无颜见江东父老"之愧。

先读书，后务农，又读书，再弄文学；苦于心实，不能仕途，拙于言辞，难会经济；捉笔涂墨，纯属滥竽充数。

若问出版的那几本小书，皆是速朽玩意儿，哪敢在此列出名目呢？

如此而已。